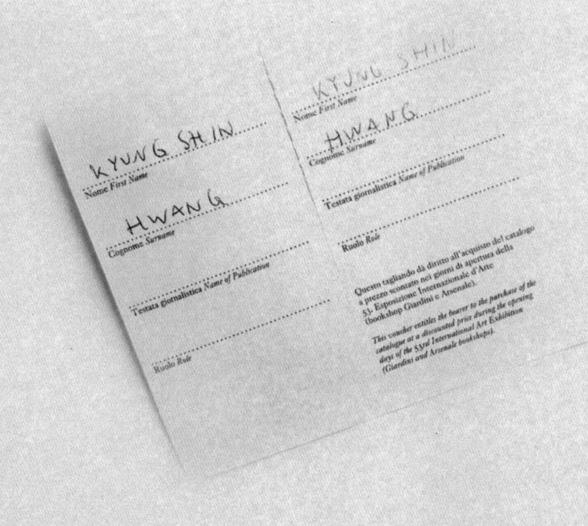
KYUNG SHIN
Nome *First Name*
HWANG
Cognome *Surname*
Testata giornalistica *Name of Publication*
Ruolo *Role*

KYUNG SHIN
Nome *First Name*
HWANG
Cognome *Surname*
Testata giornalistica *Name of Publication*
Ruolo *Role*

Questo tagliando dà diritto all'acquisto del catalogo a prezzo scontato nei giorni di apertura della 53. Esposizione Internazionale d'Arte (bookshop Giardini e Arsenale).

This voucher entitles the bearer to the purchase of the catalogue at a discounted price during the opening days of the 53rd International Art Exhibition (Giardini and Arsenale bookshops).

생각이 나서

펴낸날 | 2010년 11월 5일 초판 1쇄
2016년 11월 25일 초판 30쇄

지은이 | 황경신
펴낸이 | 이태권
펴낸곳 | (주)태일소담
서울시 성북구 성북로 8길 29 (우) 02834
전화 | 745-8566~7 팩스 | 747-3238
이메일 | sodam@dreamsodam.co.kr
등록번호 | 제2-42호 (1979년 11월 14일)
홈페이지 | www.dreamsodam.co.kr

ISBN | 978-89-7381-636-1 03810

책값은 뒤표지에 있습니다.
잘못된 책은 구입하신 곳에서 교환해드립니다.

152

True Stories & Innocent Lies

생각이 나서

소담출판사

001 불협화음 016
002 turn 018
003 선 019
004 더블플랫 020
005 대기번호 021
006 노래 022
007 눈맞춤 023
008 흑백사진 024
009 결 025
010 지켜야 할 것 026
011 어느 쪽? 027
012 둘이 셋이 되고 027
013 슬픈 이야기 028
014 나는 내 생각만 했다 029
015 천 년 동안 030
016 감추고 031
017 기억 031
018 오해 033
019 차 한 잔 034
020 실수 035
021 각성 036
022 오케스트라 037
023 나란히 서서 038
024 들여다보는 것 039
025 만나기 전에 040
026 거품 041
027 식후 30분 043
028 그것이 진실이어서 045
029 얼마나 046
030 모르겠다 048
031 여름은 가도 049
032 쓴잔 050
033 가짜 051
034 한 생명이 052
035 저렇게 어린 053
036 역 054
037 imaginary friend 056
038 반지 057
039 질문 058
040 뒷맛 059
041 기특하다 060
042 얼핏 061
043 거리 066
044 how far can you fly? 068
045 흐리다 069
046 99퍼센트의 연인 070
047 진실 071
048 기다림 072
049 사실 073
050 첫눈이 온다구요? 074
051 말랑말랑 076
052 그래그래 077
053 만나 078
054 시인의 사랑 080
055 너도밤나무 081
056 사랑에서 가장 중요한 것 082
057 딜레마 084
058 티볼리 085
059 나는 거짓말을 했다 087
060 무거운 편지 088

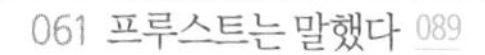

061 프루스트는 말했다 089
062 마이너, 마이너 090
063 소통 091
064 신고 092
065 러시아의 크리스마스 094
066 베토벤 10번 교향곡 096
067 액세서리 097
068 세르반테스 099
069 고장 102
070 뜨거워? 차가워? 104
071 하면 안 되는 것 106
072 몰라몰라, 카스테라라니 108
073 참새가 길을 떠날 때 110
074 브람스의 편지 111
075 조각파이 112
076 somedays 114
077 그러니까 대체로 116
078 탁탁탁 118
079 심해어의 선물 120
080 바람의 방향이 바뀌었다 121
081 이별의 형식 124
082 괜찮을 리가 없잖아 125
083 my Valentine 126
084 생각이 나서 129
085 주인을 찾습니다 131
086 무수한 반복 132
087 그 말은 134
088 50그램 140
089 완전히 친밀한 관계 143
090 drive me crazy 146

091 늙은 세상 148
092 더욱더 151
093 아름다운 얼굴 153
094 바라보는 것은 소유된다 155
095 언제 누구를 157
096 운명적 고양이 160
097 보상심리 163
098 눈물이 안 날까 164
099 죽음 또는 삶의 기록 167
100 나는 팔도 다리도 170
101 순서 174
102 고치다 176
103 단순하지 못한 열정 178
104 thirst 179
105 감히 세계관이라니 182
106 부당한 불행의 목록 184
107 부재 187
108 너무해 189
109 연습하면 다 돼 190
110 오징어의 열렬한 사랑 195
111 나무는 198
112 바람만 생각해 199
113 그럴 때 있죠? 202
114 following feelings, acting on instinct 203
115 몇 걸음만 210
116 겁을 먹고 있는 것처럼 212
117 부재는 존재를 증명한다 214
118 사라진다 215
119 편 220
120 이해하기 위해 노력하는 헌신의 대상 222

121 서울 2010 224
122 대답 232
123 그럴 수만 있다면 234
124 대학시절 236
125 알겠다 238
126 모순 240
127 먼 미래 242
128 간결하게 244
129 떨어진다 246
130 그 덧없음으로 250
131 사람이 그리 251
132 시린 253
133 훼손 256
134 그게 그렇게 중요해? 258
135 아직 이렇게 262
136 섬 268
137 dear Julie 270
138 아이도 어른도 271
139 너무나 많은 의미 272
140 예를 들면 274
141 눈속임 276
142 봄을 탑니다 277
143 외롭습니까 279
144 규칙 281
145 나는다 282
146 같은 악기라도 284
147 금물 286
148 broken bicycle 288
149 기적처럼 만났으면 해 290
150 착각 292
151 Haden summer 295
152 흔들리다 298

기다리는 답이 오기를 기다리다
나도 누군가에게 기다리는 답을 기다리게 하고 있음을 알았다
그러자 오래전에 했던 생각이 다시 떠올랐다

대답 없음도 대답이다

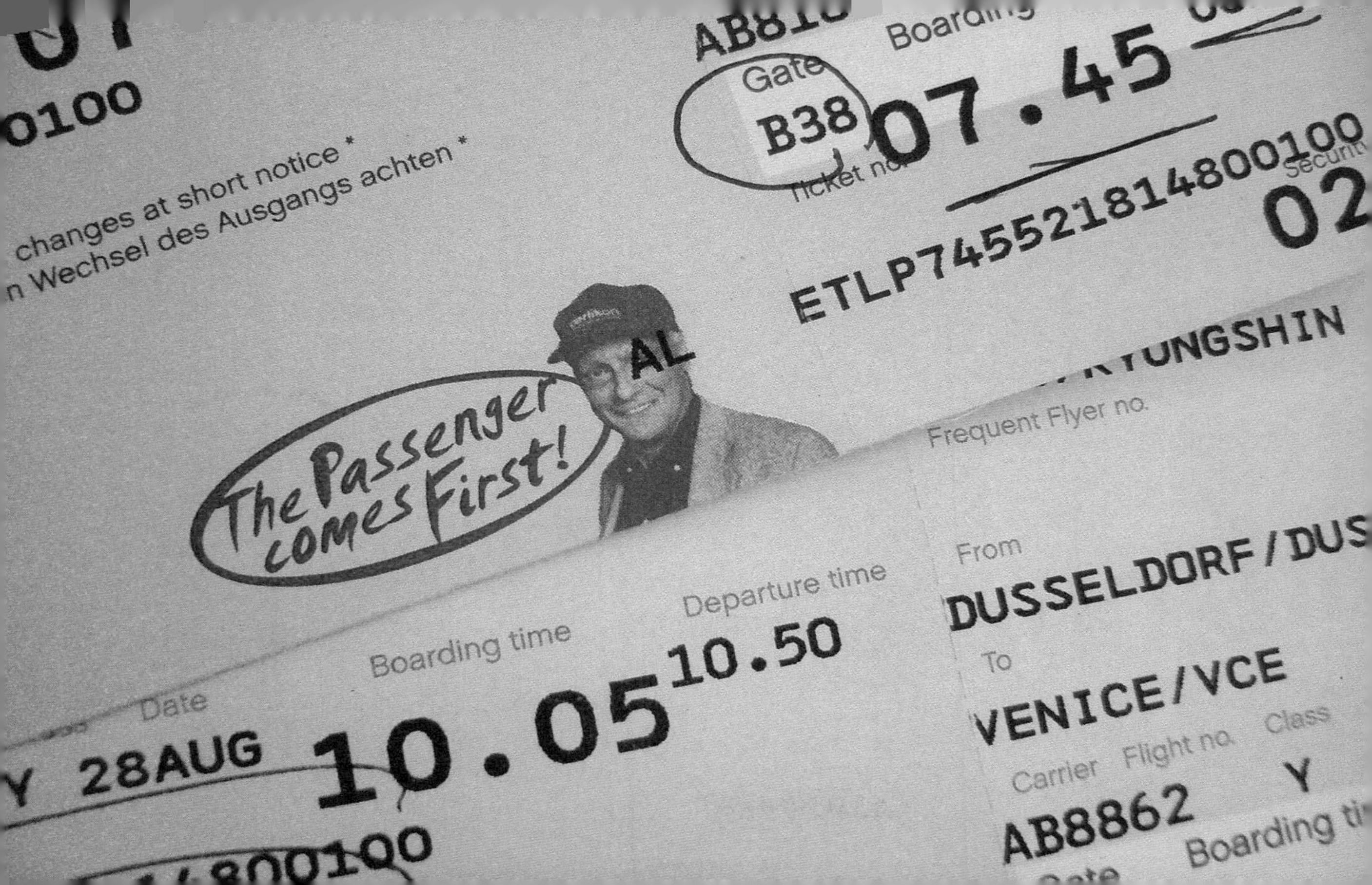

0100

changes at short notice *
n Wechsel des Ausgangs achten *

AB81

Gate
B38

Boarding
07.45

Ticket no.
ETLP74552181480010O

Security
02

KYUNGSHIN

AL

The Passenger comes First!

Frequent Flyer no.

Date
Y 28AUG

Boarding time
10.05

Departure time
10.50

From
DUSSELDORF/DUS

To
VENICE/VCE

Carrier Flight no.
AB8862

Class
Y

Boarding ti

Gate

800100

CALLE
DEL SPEZIER
1667

Tod

agen wird sie sterben«

Die K

antwortete: »Kö

das Kennzeichen a

Du sterben.« Candr

so etwas bevorsteht,

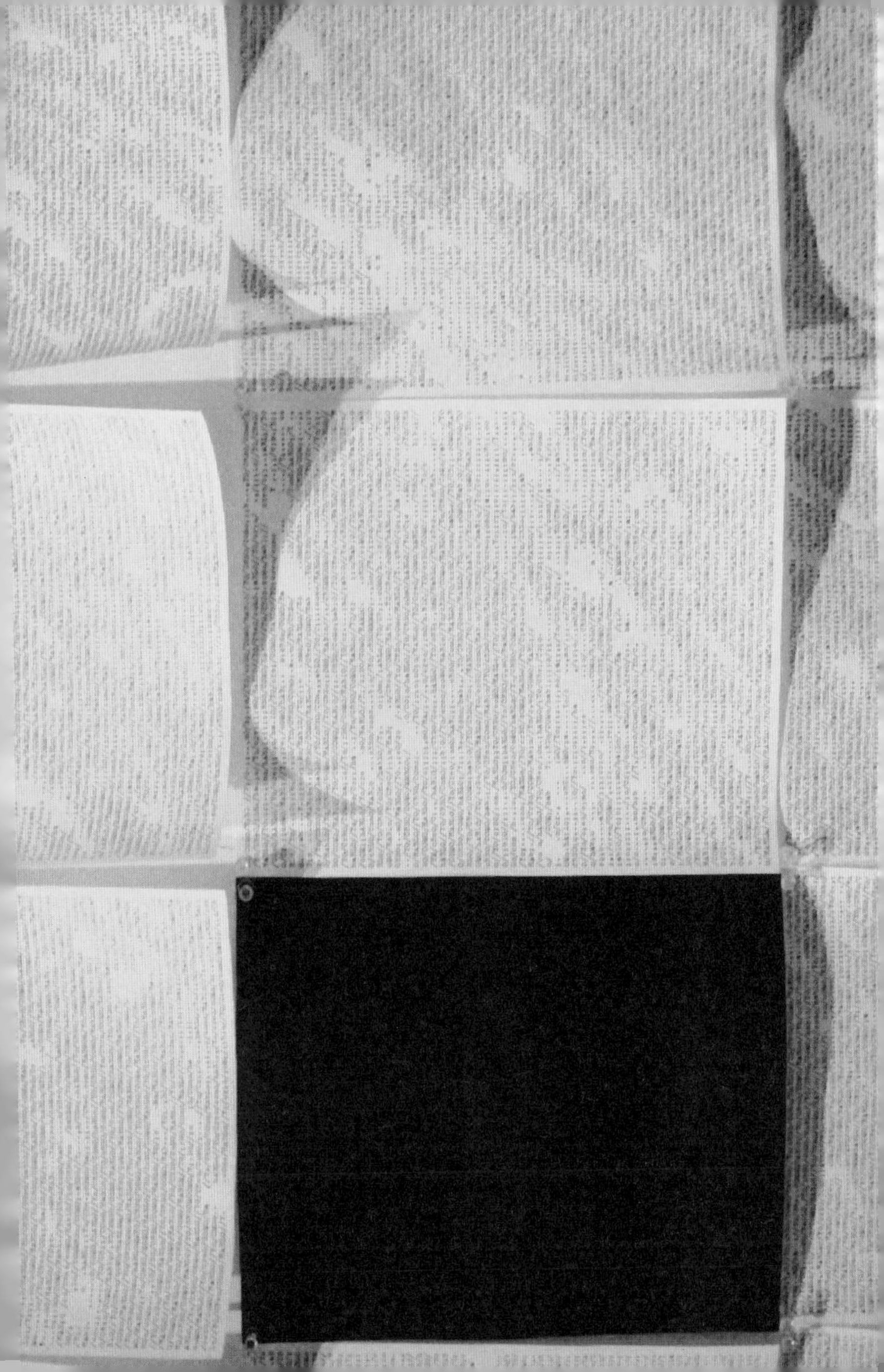

001

01 AUGUST

불협화음

나라는 인간 또는 나의 삶은 재즈 또는 재즈적인 것과 무관하다.
무관하다기보다 좀처럼 서로에게 마음을 허용하지 않는 사이라고 해야겠다.
재즈는 나를 받아들이지 않았고 나도 재즈를 납득할 수 없었다.
잦은 불협화음과 형식 없음은 나를 불편하고 불안하게 만든다.
난해한 재즈를 듣고 있으면 세계에서 가장 복잡한 도시의 한복판에서
길을 잃어버린 것 같은 기분이 된다.
어디로 가야 할지도 모르겠고 언제 끝이 날지도 모르겠는 삶의 중앙에
나 혼자 서서, 영원히 오지 않을 누군가를 기다리고 있는 기분.

어느 날 문득 불협화음과 형식 없음의 세계가 궁금해진 것은,
이 세상에는 완벽한 화음과 형식이 없다는 것을 깨달았기 때문일까.
누군가와의 불편한 의사소통, 그로 인한 불협화음을
이제 있는 그대로 한 번 받아들여 보자, 라는 심정이 되었다는 것일까.
같은 곡을 몇 번이나 되풀이하여 연주하다 보면,
처음에는 도무지 이해할 수 없었던 음들이 어느 순간 친근하게 여겨진다.
애초에 잘 들어맞게 되어 있는 화음보다,
불협화음의 화음이 주는 긴장의 매력을 조금은 알게 된 것이다.

재즈의 주위를 서성이다.

002

02 AUGUST

turn

당신은 아름답고 훌륭하고 강건하며 가끔 미치도록 차갑다. 그걸 알면서도 나는 자꾸만 보이는 모습에 속고 만다. 따뜻할 거야, 하고 손을 댔다가 앗, 차가워, 하고 소스라치게 놀라는 일을 반복한다. 그래서 달아나려고 하면 당신은 쓸쓸하게 웃으며 내 마음은 그게 아니었다고 말한다. 나는 머리로 생각하는 일을 그만두고 몸을 움직이는 것에 열중한다. 빨간색 플라멩코 슈즈를 고른 건, 당신에 대한 사소한 반항. 언제든지 이걸 신고 빙글빙글 돌며 당신 삶의 반대편으로 도망칠 수 있을 거라는 희망. 당신, 알아? 두 번의 턴turn만으로도 의외로 멀리까지 갈 수 있다는 것.

003

03 AUGUST

선

이 선은 넘어오지 마, 하고 정해놓은 선들이 몇 개 있다.
이 선은 넘어오지 마, 하고 저쪽에서도 정해놓은 선들이 몇 개 있다.
넘어오고 넘어가면 우리는 아무것도 아닌 게 될 거야.
기다리고 기다리게 하고 울고 울게 하고 아프고 아프게 하고
모든 것이 엉망진창이 될 거야.
나는 너를 무너뜨리고 너는 나를 무너지게 할 거야.

그리하여 나는

웃으며 안녕, 하고 말하는 연습을 날마다, 거울 앞에서, 한다.

그 사이에 선들은 서로를 그리워하며 서로의 체온을 확인하려 다가가지만,
그럴수록 더욱 선명하게 드러나는 너와 나의 차이.
하지만 그건 그것대로 아름답지 않니?

004

04 AUGUST

더블플랫

라의 더블플랫은 솔이다. 처음 더블플랫을 보았을 때는 굉장히 당황했다.
플랫의 플랫이니까, 반음에서 다시 반음이 내려간 음이니까,
라의 반음은 라플랫, 라플랫의 반음은…
이렇게 계산을 해서 정답은 '솔'이라는 결론을 내려놓고도,
차마 그 건반을 누르지 못하고 고민했다. 그냥 솔로 표기하면 간단할 것을,
굳이 더블플랫을 사용한 이유는 무엇일까?
처음부터 솔인 솔과 라의 더블플랫인 솔은 다른 것일까?
어쩐지 솔이라는 건반을 누를 때와 라의 더블플랫인 솔의 건반을 누를 때,
마음가짐이 달라야 할 것 같은 기분이 되었다.
솔은 G메이저의 기본음이고 라는 A마이너의 기본음이니,
이들의 본질은 기쁨과 슬픔만큼 차이가 있는 게 아닐까.
그렇다면 라를 꾹 눌러서 솔이 되게 한다는 느낌으로? 무겁지만 아주 여리게?
그건 네 시 사십오 분과 다섯 시 십오 분 전이 다른 느낌으로 다가오는 것과 비슷한 걸까?
어쩌면 중요하고 은밀한 이야기를 할 때, 우리 역시 그런 식으로
목소리를 내는 건지도 모르겠다. 그저 '솔'의 톤으로가 아니라,
'라'를 꾹 누른 '솔'로, '여리게'를 의미하는 P를 세 개나 붙여서,

당신이 내게 이야기할 때의 그 마음은 라 더블플랫.

005

05 AUGUST

대기번호

번호표를 뽑아 들고 의자에 앉으면 전광판을 바라보는 것 외에 할 일이 없다. 한눈을 팔고 있거나 책에 열중했다가는 내 차례를 놓칠 수도 있다는 불안함이 그것을 응시하게 한다. 차례를 놓친다고 해서 큰일이 나는 것도 아닌데, 그냥 앞사람의 볼일이 끝나기를 기다렸다가 창구로 가서 죄송한데요, 제 번호가 지나갔어요, 라고 하면 될 일인데, 애초에 그럴 수 있는 성격이 아니다. 번호표를 뽑은 사람은 의무적으로 전광판을 보고 있어야 한다는 강박관념. 무의미하고 비생산적인 시간은 느리고 지루하게 흘러간다. 그래도 다행인 것은, 이 기다림은 끝이 난다는 것이다. 나보다 먼저 번호표를 뽑은 열두 명의 사람들이 돌아가고 나면, 나의 차례가 온다는 것이다. 그런데 나는 당신에게 번호표를 받았던가? 당신은 나의 번호표를 가지고 있었던가? 우리는 올바른 곳에서 올바른 줄을 서고 있는 것일까? 마침내 나의 차례가 와서 번호표를 내밀었는데, 미안합니다, 저는 당신이 원하는 것을 해줄 수가 없어요, 다른 창구로 가셔야 하는데요, 라는 말을 듣는 것은 아닐까? 112번이 찍힌 번호표를 들고 전광판의 숫자가 바뀌기를 기다리다가, 문득 이 모든 기다림이 아무 보상도 받지 못한 채 끝나버리면 어쩌나, 하는 생각을 한다.

006

07 AUGUST

노래

오늘은 우리 노래를 부르러 가자, 어느 날 당신이 말했다.
지금 생각하면 나에게 뭔가 할 말이 있었던 거였다.
말로 하기에는 조금 쑥스러운, 그래도 어떤 식으로든 전하고 싶은, 그런 이야기.
그날 당신이 불렀던 노래가 하나도 기억나지 않아서 오늘 나는 쓸쓸하다.
알 수 없다고 생각했던 당신의 마음이 그토록 선명하게 발현되었던 순간,
나는 아름다움에 취해 그저 당신을 바라보고만 있었으니.

007

08 AUGUST

눈맞춤

서로의 시선을 피하지 않고 마주 볼 수 있는 사람들은 사랑하는 사람들 아니면 미워하는 사람들이라는 말을 들은 적이 있다. 그렇지 않은 경우에는 기껏 3초에서 5초 정도 마주 보다가 이내 시선을 돌려버리고 만다. 사랑하는 사람도 미워하는 사람도 없는 이들은 거울 속의 자신이 아니면 눈을 맞출 기회가 좀처럼 없다. 하지만 많은 이들은 카메라를 응시하는 것에 익숙해 있다. 카메라를 들이댔을 때 시선을 다른 곳으로 돌리는 이들보다는, 렌즈를 똑바로 바라보는 이들이 훨씬 많다. 그러나 우리가 응시하는 것은 카메라가 아니다. 우리는 본능적으로 훗날 사진을 들여다볼 누군가를 응시한다. 모르는 사람이나 그리 친하지 않은 사람이 아니라 오래오래 눈을 맞추고 싶은, 사랑하는 누군가와 마주 보고 있는 거라고 무의식적으로 상상하는 것이다. 나는 가끔 사진 속의 당신과 눈을 맞춘다. 현실에서는 한 번도 해보지 못했던 혼자만의 연인 놀이.

008
09 AUGUST

흑백사진

흑백사진을 찍으려면 흑백필름을 넣어야 하던 시절이 있었다. 지금처럼 사진을 찍은 후에, 음, 이 사진은 컬러보다 흑백 쪽이 좋겠어, 하고 수정을 가하여 흑백으로 만드는 것이 아니라, 필름을 끼울 때 둘 중 하나를 정해야 하는 것이다. 한 번 끼운 필름을 중간에 교체하기는 어려우니 그때부터 카메라에 담기는 모든 풍경과 인물은 흑백이 된다. 가끔 이런 장면은 컬러로 찍어야만 그 맛이 사는데, 싶기도 하지만 과감하게 남은 필름을 포기하지 않은 이상 후회해도 소용이 없다. 그래서 마음에 들지 않은 사진이 나오기도 하고 드물게는 신선하고 독특한 사진이 나오기도 한다. 생각해보면 그 시절에는 그런 것이 많았다. 조금 참아야 하고 기다려야 하고 그래도 안 되는 것은 포기해야 하는 일들. 뭐든지 마음대로 생각대로 되는 세상은 멋지지만 그러다가 그렇게 안 되는 일을 만날 때, 우리는 쉽게 화내고 스트레스를 받게 된다. 이런 상황이 부당하다고 여기며 원망할 대상을 찾게 된다. 세상의 일이란, 사람의 일이란 마음대로 되는 게 아니라는 것을 배우지 못했거나 점점 그것을 잊어가고 있는 세대, 마음은 조급하고 인내심은 선불리 무너진다.

기다리자
초가 다 타들어갈 때까지만이라도

009

10 AUGUST

결

한 십 년 살다 보면 마음 부대끼는 날 없지 않을 텐데
부대끼는 마음 알아주는 이 늘 곁에 있진 않을 텐데
나무의 결에는 부대낌이 없다.
한 백 년 살다 보면 바람에 흔들리고 비에 젖는 날 없지 않을 텐데
바람과 비 막아주는 지붕 없이 하늘 아래
맨몸으로 버티다 절망으로 무너지기도 할 텐데
나무의 결에는 흔들림이 없다.
한 천 년 살다 보면 다소곳한 믿음 하나 바칠 만한 그리운 얼굴도 떠나고
어지러운 과거 풀어놓을 다정한 얼굴도 떠나고
더 이상 울지도 못하는 마음 만져줄 애틋한 얼굴도 사라진 지 오래전일 텐데
나무의 결에는 서러움이 없다.
백 년도 살지 못한 내 마음의 결은 부대끼고 흔들리고 서러우니
나는 누구에게로 가서 그의 차 한 잔 받쳐줄 탁자가 될까.
어느 누가 내 마음 쓰다듬으며
기특하다, 기특하다, 말해줄 것인가.

010

11 AUGUST

지켜야 할 것

그러니까 지켜야 할 것은 지키고 버려야 할 것은 버려야 하지 않겠어? 내 말에 그는 잠깐 생각하다 대답한다. 그런데 뭘 지키고 뭘 버려야 하는 거지? 우리는 머리를 맞대고 고민한다. 그러다가 내린 결론은, 지켜야 할 것과 버려야 할 것을 구분하지 못하는 게 우리의 문제라는 것이었다. 관념적으로는 알겠는데 구체적으로 생각하면 모호해진다. 그러나 어쩌면 그 모든 게 뒤죽박죽된 것이 인생인지도 모른다. 버려야 할 것이 있어서 지켜야 할 것이 무엇일까 생각하게 되고, 지켜야 할 것이 있어서 버려야 할 것을 알게 되는 건지도. 파스타에서 조개를 건져 알맹이는 먹고 껍질은 버린다. 알맹이로만 채워진 인생 같은 건 어디에도 없잖아? 하고 그를 위로하며, 사실은 나를 위로한다.

011
12 AUGUST **어느 쪽?**

어느 쪽이 더 행복할까? 닥쳐오리라는 불행을 피할 수 있게 되었을 때? 아니면 예기치 않았던 기쁜 일이 생겼을 때? 어느 쪽이 더 실망스러울까? 즐거우리라고 생각했던 시간이 지루하게 지나갈 때? 아니면 피하고 싶었던 만남에서 역시 하기 싫은 이야기를 해야 할 때? 어느 쪽이 더 좋은 걸까? 사랑을 하여 외로워도 마음에 누군가를 품고 살아가는 일? 아니면 누구도 그리워하지 않고 마음 부대끼지 않으며 심심하지만 평화롭게 살아가는 일? 어느 쪽이 더 불행할까? 당신과 사랑하고 헤어지는 일? 아니면 당신을 사랑하지 않고 견디는 일? 어느 한쪽을 가리키는 화살표 하나 간절하게 필요한, 늦은 밤.

012
13 AUGUST **둘이 셋이 되고**

우리 이렇게 나란히 목매달고 있다가,
사람이나 사랑이나 여하튼 그런 것에 매달려 있다가, 작은 진동에도 떨리며 부딪치다가,
그때마다 불안하고 투명한 소리를 내다가, 그 소리 참 아름답다 추억하며 그리워하다가,
다시 한 번 가까이 가려 하다가, 너무 가까이 가면 깨어질까 다칠까 두려워한다.
친구가 친구를 불러내고, 그 친구가 또 친구를 불러내고,
둘이 셋이 되고 셋이 넷이 되었던 어느 밤.
매달린 사랑 하나 가만히 내려 조심조심 향긋한 시간을 따른다.
유리처럼 투명한 마음을 주고받는다.

013

16 AUGUST

슬픈 이야기

초등학교에 입학하기 전 내가 살던 동네에 작은 만화가게가 하나 있었다. 가게의 주인아주머니는 종종 아이들에게 어떤 만화를 찾느냐고 묻고, 취향에 맞는 것을 골라주곤 했다. 아주머니의 질문에 대한 나의 답은 늘 똑같았다. "슬프고 불쌍한 거요." 만화를 보며 울고, 안데르센의 슬픈 동화들을 보며 울고, '해 저무는 하늘에 별이 삼형제, 반짝반짝 정답게 지내이더니, 웬일인지 별 하나 보이지 않고, 남은 별만 둘이서 눈물 흘리네' 같은 슬픈 동요를 부르면서도 울었다. 아리스토텔레스의 이름조차 들어보지 못했지만, 나는 본능적으로 슬픔에서 비롯되는 카타르시스를 원하고 있었다. 세월이 흘러 가끔 나 자신이 슬프고 불쌍한 이야기의 주인공이 되기도 했다. 그럴 때면 내 속에 숨어 있던 슬픈 이야기들이 나에게 말을 건다. 지금 당장 눈에 보이는 것이 전부가 아니라고, 나에게 벌어지는 모든 일들은 이유가 있는 거라고, 언젠가는 그 답을 알게 될 거라고. 그렇겠지, 그럴 거야, 생각하지만, 가끔은 그런 날이 언제 올까 아득하여 또 한 번 슬픔에 부대낀다.

014
18 AUGUST
나는 내 생각만 했다

그날 그때 그곳이 너무 시끄러워서 나는 당신의 이야기를 제대로 듣지 못했다. 그날 그때 그곳에서의 내 마음이 너무 어지러워서 나는 나의 이야기를 제대로 하지 못했다. 나는 당신의 조용한 한숨을 알지 못했고 당신의 신중한 행간을 읽지 못했고 당신의 초조한 손짓을 보지 못했다. 나는 나의 부질없는 망설임을 전하지 못했고 나의 근거 없는 불안을 감추지 못했고 나의 간절한 마음을 보여주지 못했다. 그런 시간이 다시 올 거라고 믿었다. 그렇게 마주 앉아 서로의 진심을 꺼내 서로의 손에 쥐어줄 수 있는 날이 곧 오리라고 생각했다. 오해가 눈처럼 소리 없이 쌓이고, 몇 번의 계절이 바뀌도록 마음은 녹지 않았다. 긴 시간이 흐른 후, 내 마음이 닿지 않은 곳에 있었던 당신의 감추어진 마음이 얼마나 캄캄했을까, 생각한다.

015
19 AUGUST **천 년 동안**

한 천 년 버틸 집을 지으려면 한 천 년 산 나무를 찾아야 한다는 이야기를 들었다. 사람은 천 년을 살지 못해도 집은 천 년을 살아야 한다며, 목수들은 천 년 산 나무로 천 년 살 집을 짓는다고 한다. 천 년 산 나무를 자를 때는 나무의 휘어짐을 따른다고 한다. 휘어짐을 무시하고 직선으로 자르면 나무는 천 년을 버티지 못하고 무너진다고 한다. 누군가를 천 년 동안 사랑하려면 그의 휘어짐을 볼 수 있어야 한다. 그가 그 사랑 안에서 살아 숨쉴 수 있도록 그의 굴곡을, 그의 비뚤어짐을, 그의 편협함을, 그의 사소한 상처와 분노와 아픔을 이해해야 한다. 당신은 어떤 방식으로 어떤 방향을 향해 휘어졌는가. 나의 휘어짐을 당신은 받아들일 수 있는가. 우리의 휘어짐은 서로를 내치는가, 아니면 받쳐주는가. 우리는 사랑을 지을 수 있는가. 천 년 동안 지속될 사랑이 아니면 아무것도 아니라고 생각하는 당신과 나는.

016
20 AUGUST 감추고

마음 한쪽에 불안한 어떤 것을 감추고, 마음 한쪽에 아픈 어떤 것을 감추고,
웃는다, 노래한다, 큰소리로 마시자고 말한다.
오늘만은 다 잊어버리자고 나에게, 서로에게, 그 자리에 없는 누군가에게, 잔을 권한다.
어두운 것을 감추고 밝은 것을 드러낸다.
못생긴 꿈을 감추고, 그것은 아름다워질 거라는 믿음을 드러낸다.
언제 무너질지 모르는 오늘을 감추고,
어쩌면 조금쯤 나아질 내일에 대한 섣부른 기대를 드러낸다.
오늘이 지난 자리에 아직 내일이 오지 않은 시간,
불안이 끝없는 것처럼 희망도 끝이 없다.
아직 집으로 가지 못한 사람들, 거리에 휘청거리는 그림자를 만든다.
내일은 우리에게 여태 모든 것을 감추고.

017
21 AUGUST 기억

어떤 것은 머리가 기억하고 어떤 것은 마음이 기억한다.
어떤 것은 청각이 기억하고 어떤 것은 후각이 기억하며 또 어떤 것은 시각이 기억한다.
기억이라는 것은 뇌의 전유물이 아니다.
인간의 몸과 마음을 수백, 수천 가지로 세분화시킨다면,
그 각각의 부분에 기억을 위한 장치가 독립적으로 존재한다.

이를테면 손가락은 피아노 건반을 기억한다.
같은 곡을 몇 번이나 되풀이하여 연주하다 보면, 눈으로 악보를 읽거나
머리로 과거의 학습을 떠올리지 않고도 그 곡이 저 홀로 재생된다.
춤도 마찬가지다. 동작을 처음 익힐 때는 머리로 암기하고 계산하여
순차적으로 몸을 움직이지만, 일단 신체의 각 부분이 자신의 역할을 기억하고 나면
머리를 텅 비우고 춤을 추는 것이 가능해진다. 그러므로 누군가를
까맣게 잊어버렸다는 말은 거짓일 가능성이 높다.
이름도 얼굴도 목소리도 기억할 수 없게 된 이후에도 당신의 어느 한 부분은
틀림없이 그를 기억하고 있는 것이다.
새끼손가락 끝의 손톱이라도. 한 올의 머리카락이라도.

018

22 AUGUST

오해

하루 종일 비가 뿌리고
우리는 내내 마음에 걸렸던 이야기를 한다.
그는 나에게 섭섭했다고 하고
나는 그에게 그건 오해라고 말한다.
뒤늦게 그럴 수도 있겠구나, 내가 잘못했구나, 싶어서
미안하다고도 한다.
왜 나를 몰라, 왜 오해를 하고 그래, 하지 않고
미안한 마음이 될 수 있었던 건

함께 보낸 오랜 시간들,
그 속에서 만들어진 뿌리 깊은 애정.
그가 용기를 내어 내게 말할 수 있었던 건
앞으로 함께 보낼 시간들에 대한 믿음.
하지만 서로 잘 안다고 생각해도
말을 하지 않으면 모르는 것들이 너무 많고
미래를 믿는다고 해도 내일이 무엇을 가지고 올지
우리는 전혀 짐작도 못하고.
밤이 깊어지도록 내리는 빗줄기에 눈을 두고,
그래도 우리는 잠시 행복하다.

019

23 AUGUST

차 한 잔

전날 새벽 지방에 내려갔다가 오늘 새벽, 밤새 내리는 빗속을 운전하여 돌아온 친구가, 차 한잔 마시자고 한다. 사무실에서 몇 가지 일을 처리하고 일찍 집으로 돌아갈까 하다가, 가는 길에 전화를 건다며 차 한잔하자고 한다. 친구는 나를 태우고 나무와 풀이 있는 카페로 가서 차를 주문한다. 토요일 오후가 천천히 지나가는 동안 우리는 차 한 잔을 마신다. 피곤한데 그냥 들어가서 쉬지 그랬어, 하니까 너 심란한 일 있잖아, 하고만 대답한다. 안 심란해, 하고 아무렇지도 않게 말하면서 나는 웃는다. 오는 길에 걸려온 전화가 나쁜 소식인 것 같아 물어보니, 되어야 할 일이 되지 않았다고 아무렇지도 않게 말하며 웃는다. 갈수록 사는 게 힘들어지는 이유가 무엇인지 모르겠다고 하다가, 그래도 어떻게든 살 거라고 하다가, 찻잔을 비우고 일어서는데, 내내 우리를 지켜보고 있었던 초록색 생명들, 잘 가라고 손을 흔든다. 삶이 힘들지 않았다면 몰랐을, 이토록 작고 소중한 마음들.

020
24 AUGUST 실수

멍하니 넋을 놓고 있다가 어처구니없는 실수를 했다.
그것이 돌이킬 수 없는 실수라는 것을 깨닫고 나 자신에게 화가 났다.
그래도 잘 생각해보면 별것도 아닌데,
결국 나의 욕심을 충족시키지 못했던 것뿐인데,
한동안 심통이 나서 누군가를 원망했다. 그래도 나중에는
그 실수를 이야깃거리 삼아 좋은 사람들과 많이 웃었다. 머리에 꽃을 꽂고, 웃었다.
내 눈가의 주름은 내가 자주, 많이 웃는다는 증거. 용서한다.
실수는 했어도 누군가에게 해를 입힌 건 아니니, 나 자신도 용서한다.
나에게 용서받은 내가 다시, 활짝, 기쁘게 웃는다.

021
26 AUGUST
각성

저기 빛나는 별 보이죠? 저것이 목성입니다.

이 계절에 하늘에서 가장 빛나는 별입니다.

지금 시간을 잘 기억해두세요.

그리고 서울에서 저 별을 보게 되면 저것이 목성이라는 것을 기억하세요.

그는 나에게 많은 것을 가르쳐주고 싶어 했다.

하지만 내가 너무 몰라서, 그가 너무 많은 것을 알고 있어서,

나는 소중한 대화의 많은 것을 놓쳤다.

늦은 밤 집으로 돌아와 밤새도록,

내 속의 어떤 부분이 눈뜨고 싶어 한다는 것을 느꼈다.

뭔가가 각성을 위해 몸을 뒤틀고 있다는 것을 느꼈다.

어디에서부터 어떻게 시작해야 할지 막연하지만, 오랜만에 뛰는 심장.

세상에 내가 모르는 소중한 것들이 너무 많아서,

그렇게 소중한 것들을 내게 알려주고 싶어 하는 이들이 있어서,

두렵고 행복하다.

022

27 AUGUST

오케스트라

여러 대의 악기가 같은 소리를 낸다. 앞서거나 뒤지는 이가 없도록 어깨동무를 하고.
하나의 악기에서 뽑아져 나오는 하나의 선율처럼 들리지만,
그 속에서 소용돌이치는 수많은 음들은
모든 공간을 통과하는 진동과 파동을 만들어낸다. 다른 파트가 그 소리를 받는다.
파도가 치듯 일렁이며 번져가는 음의 물결. 자욱하다.
닥쳐오는 거대한 해일 앞에서 눈앞이 흐려진다. 오래도록 기다린 악기들이
하나둘 가세하고 지휘자는 폭풍 속에서 흩날리는 배처럼 흔들리며
때로 부드러움으로 때로 강함으로 키를 움직인다. 작곡자는 세상을 떠난 지 오래고
지휘자는 일흔이 넘었고 연주자들은 스물 안팎.
시간을 초월한 음들의 움직임. 나는 그 안에서 무한의 한 조각을 본다.

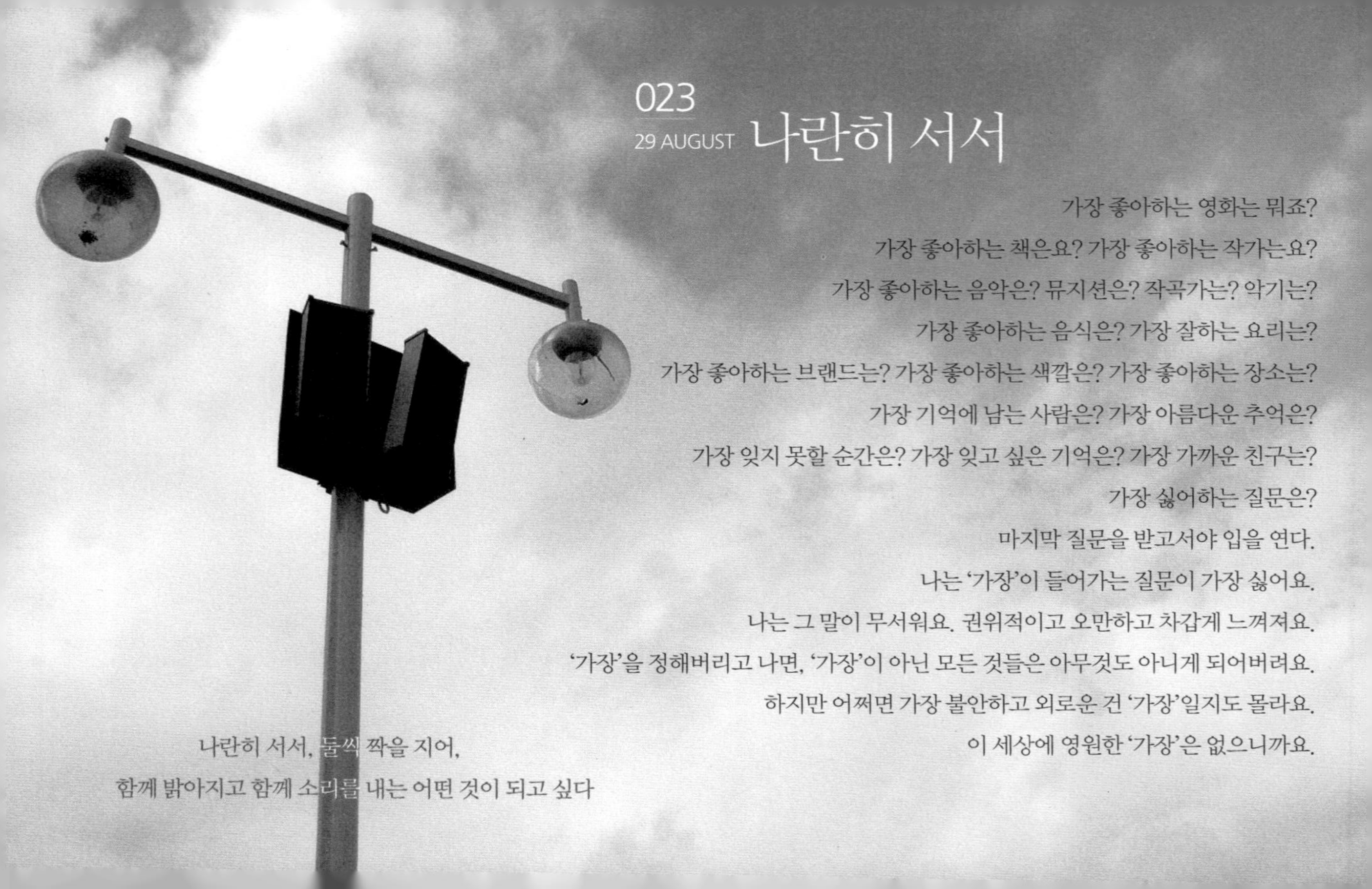

023

29 AUGUST

나란히 서서

가장 좋아하는 영화는 뭐죠?

가장 좋아하는 책은요? 가장 좋아하는 작가는요?

가장 좋아하는 음악은? 뮤지션은? 작곡가는? 악기는?

가장 좋아하는 음식은? 가장 잘하는 요리는?

가장 좋아하는 브랜드는? 가장 좋아하는 색깔은? 가장 좋아하는 장소는?

가장 기억에 남는 사람은? 가장 아름다운 추억은?

가장 잊지 못할 순간은? 가장 잊고 싶은 기억은? 가장 가까운 친구는?

가장 싫어하는 질문은?

마지막 질문을 받고서야 입을 연다.

나는 '가장'이 들어가는 질문이 가장 싫어요.

나는 그 말이 무서워요. 권위적이고 오만하고 차갑게 느껴져요.

'가장'을 정해버리고 나면, '가장'이 아닌 모든 것들은 아무것도 아니게 되어버려요.

하지만 어쩌면 가장 불안하고 외로운 건 '가장'일지도 몰라요.

이 세상에 영원한 '가장'은 없으니까요.

나란히 서서, 둘씩 짝을 지어,

함께 밝아지고 함께 소리를 내는 어떤 것이 되고 싶다

024

30 AUGUST

들여다보는 것

누군가 나에게 내 글은 쓸쓸하고 허무하다고 말했다.
정말 그렇다고 나는 대답했다.
그런데도 따뜻하다고 그가 말했다.
그랬으면 좋겠다고 나는 대답했다.
그런데 허무함과 따뜻함의 공존이란 게 가능한 것일까?
만약 그렇다면, 허무가 나설 때 따뜻함이 자리를 내어주고
따뜻함이 들어설 때 허무가 잠시 피하는 것일까?
혹은 허무와 따뜻함이 어깨동무를 하고 서로를 격려하면서
함께 걸어가는 것일까?
인생은 허무하지만 따뜻한 것일까?
혹은 따뜻하지만 허무한 것일까?
때로 허무하고 때로 따뜻한 것일까?
혹은 허무해서 따뜻하고 따뜻해서 허무한 것일까?

025

31 AUGUST

만나기 전에

가끔, 만나기 전부터 나는 이 사람을 알고 있었다, 싶은 사람을 만날 때가 있다. 그래서 그 사람을 더욱 좋아하게 되거나 더욱 잘 이해하게 되는 건 아니다. 그래서 만나자마자 편한 사이가 된다거나 마음을 열게 되는 것도 아니다. 그래도 만나기 전부터 알았던 것 같은 느낌을 받는 건, 세상을 보는 눈이 어딘지 나와 닮아 있기 때문이다. 막상 만나보면 같은 점도 있고 다른 점도 있지만, 같은 생각도 하고 다른 생각도 하지만, 어쩐지 같은 뿌리에서 자라났다는 생각이 든다. 질문이 많아지는 건, 뿌리에서 떠나 지금까지 어떤 길을 걸어온 건지, 그 안부가 궁금하기 때문이다. 내 속의 선명하지 않은 대답들의 정체가, 혹시 그가 걸어온 길 안에는 있었던 건지 알고 싶기 때문이다. 같은 뿌리에서 자라난 사람들이 품고 있는 같은 질문들에 대한 대답이.

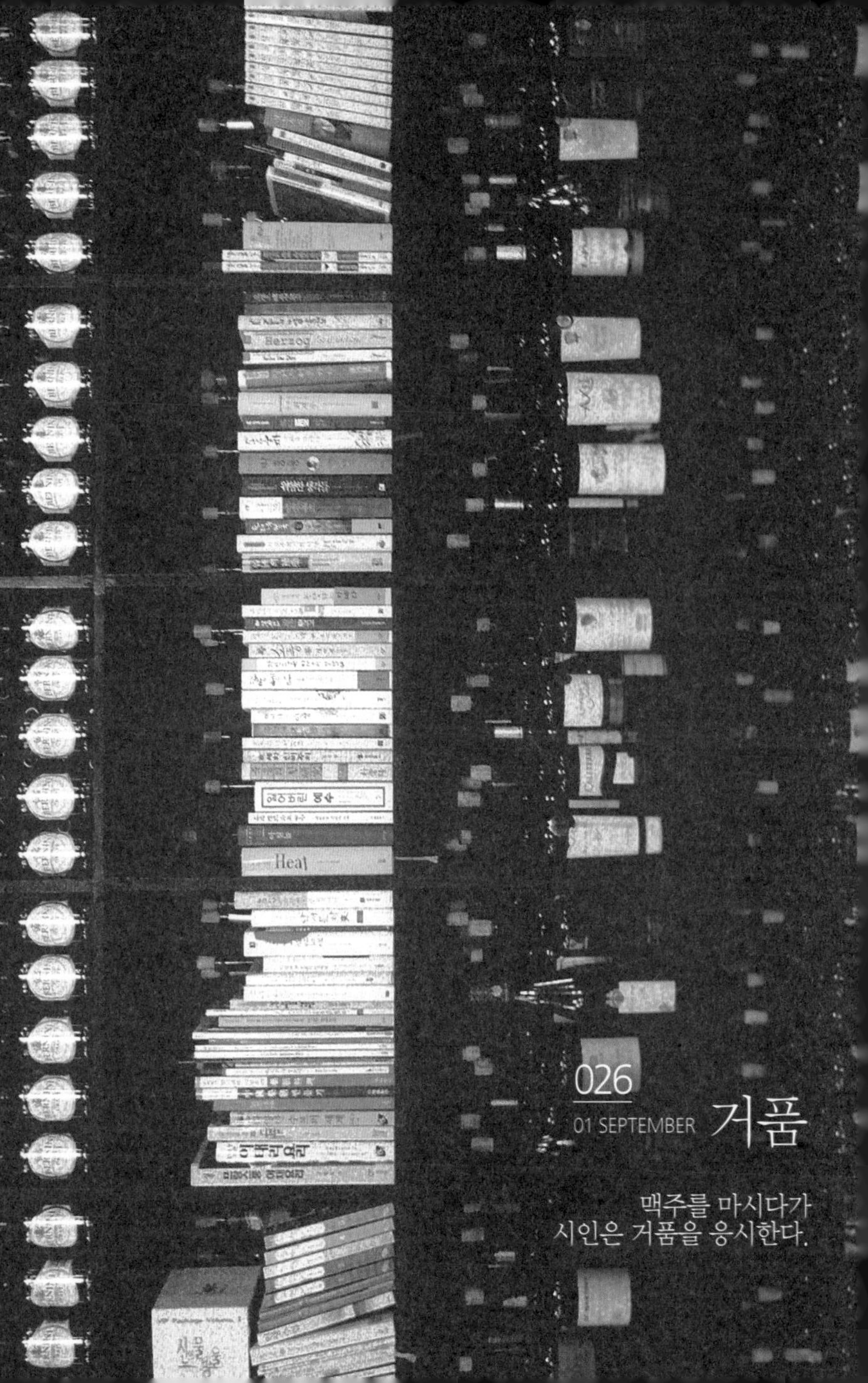

026

01 SEPTEMBER

거품

맥주를 마시다가
시인은 거품을 응시한다.

우리는 모두 거품에서 태어난 거라고, 생명은 여기에서 시작된 거라고 그가 말한다.
아름다움과 사랑의 여신 아프로디테도 거품에서 태어났죠,
내 말에 그는 고개를 끄덕인다.
나는 당장 그러니까 쓸쓸한 거야, 삶도 아름다움도 사랑도, 라고 생각하는데
그가 덧붙인다.
그러니까 우리는 거품을 존중해야 해.
아아, 이렇게 단순하고 명료한 시각의 차이와 그것으로 인해 달라지는 세상.
우리가 거품처럼 보잘것없어지는 게 아니라, 거품이 우리와 함께 거룩해지는 순간.
나는 그 순간을 조심스럽게 잡아 작은 보석상자에 넣어둔다.
언제든지 꺼내어 다시 볼 수 있도록 마음의 가장 가까운 곳에 놓아둔다.

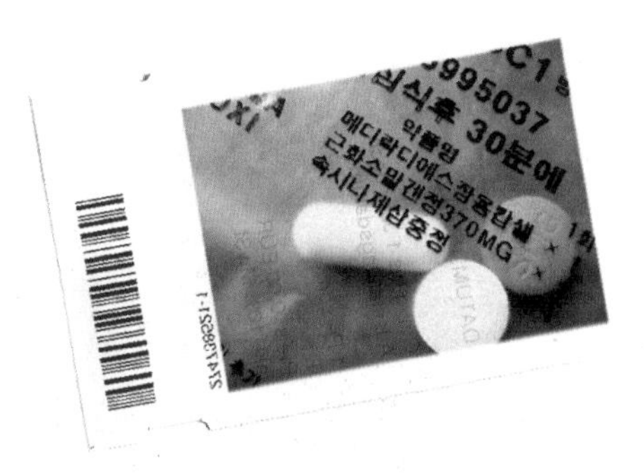

027

03 SEPTEMBER

식후 30분

식사를 하고 나서 30분이 지난 다음에 약을 먹어야 한다. 충분한 설명을 듣고 돌아왔는데 약봉지를 열어보니 봉지 겉면에도 그 말이 쓰여 있고 일회 분량의 포장지 위에도 같은 말이 쓰여 있다. 이렇게나 식후 30분을 강조하니 당황스럽다. 30분에서 1분이 모자라도 혹은 넘어도 안 된다는 강박증이 생길 정도다. 그러나 시간을 그토록 강조하면서, 다른 것에 대해서는 너그러우니 그것도 이상하다. 이를테면 식사 시간은 어떻게 되어도 상관없는 걸까? 아침을 열두 시에 먹고 점심을 두 시에, 저녁을 밤 열한 시에 먹는다면? 양의 문제는? 달걀과 우유로 가벼운 식사를 하고 난 다음에도 30분, 스테이크에 와인을 곁들인 날에도 30분인 걸까? 그보다 더 어려운 문제가 남아 있다. 식후 30분이라는 규칙을 지키려면, 반드시 식사를 먼저 해야 한다는 것이다. 식사를 하지 않으면 식후 30분도 없다. 약을 먹기 위해 억지로 하는 식사만큼 맛없는 것도 없다.

028

04 SEPTEMBER

그것이 진실이어서

어느 동네에 가면 로또 복권을 파는 곳이 유난히 많다고 그가 말했다. 그런데 그런 가게마다 손으로 휘갈겨 쓴 하나의 똑같은 문장이 붙어 있단다. 거기에 쓰인 글은 이렇다. '로또밖에 길이 없다!' 그 문장은 그에게 굉장한 충격을 가져다주었다. "그게 진실이어서 충격적이었던 거야." 며칠 전에 뮤지컬을 보다가 나는 울었다. 내가 무척 좋아하는 스토리와 좋아하는 음악과 좋아하는 배우가 나오는 작품이었는데, 작년에 처음 보았을 때는 울지 않았는데, 이번에는 눈물이 났다. 꿈을 찾아 떠났다가 결국 그것이 모두 꿈이라는 것을 깨닫게 되는 노인의 이야기였다. 마지막 장면에서 노인은 기억나지 않는 꿈을 더듬으며, 제발 기억해보라는 누군가의 말에 이렇게 묻는다. "그게 그렇게 중요한 거요?" 꿈은 깨어지고, 주위 사람들에게는 아픔과 피해를 주고, 자신은 죽음을 맞는다. 꿈이란 아무 짝에도 소용없다는 이야기다, 말하자면. 나를 울린 건 그것이 진실이기 때문이리라. 그리고 일 년 전에 비해 지금 더 그것을 절절하게 느끼고 있기 때문이리라. 꿈도 무섭고 진실도 무섭다. 피었다 시드는 꽃보다 무섭다. 그리하여 우리는 삶의 갈피를 이토록 쉽게 잃어버린다.

029

05 SEPTEMBER 얼마나

지구에서 조금만 떨어져 보아도 안다.
우리가 얼마나 작은 존재인지.
평생을 걸어도 이르지 못할 위대한 땅과 바닥을 볼 수 없는 거룩한 바다와
머리 위의 아득한 하늘이 얼마나 자비롭게 우리를 감싸 안고 있는지.
헤아릴 수도 없고 짐작할 수도 없는 은혜 속에서 나는 얼마나 자만하고 있는지.
우리가 지어야 할 것은 쓰레기가 아니라 사랑인데,
가장 사랑하는 한 사람조차 행복하게 해주지 못한 채, 하루를 욕망으로 연명한다.
얼마나 한심한 일인가. 얼마나 지독한 배신인가.
하나의 씨앗에 대한, 얼마나 끔찍한 모욕인가.

030
06 SEPTEMBER

모르겠다

어린 새가, 아기 새가, 길바닥에 쓰러져 있다.
내 손바닥으로 가려질 만큼 작은 새가,
초록색과 은색과 파란색이 아름다운 조화를 이루고 있는 작은 날개를 접고 죽어 있다.
모르겠다. 새는 어디에서 태어나 어디로 날아가다가
이 건조한 도시의 한복판에서 힘을 잃은 건지.
모르겠다. 그래도 되는 건지. 모르겠다.
한 송이의 꽃보다 작고 아름다운 존재를 위해 아무것도 내어주지 않는 세상은 괜찮은 건지.
모르겠다. 그대 마음속의 수없는 빈자리는 누구를 위한 것인지.
모르겠다. 그대가 나를 받아주지 않는다면 나는 어디로 가야 하는 건지.

031

07 SEPTEMBER

여름은 가도

공기 중에 아직 남아 있는 여름의 냄새를 맡으며 하루 종일 그 노래를 흥얼거린다.
머나먼 기억의 밑바닥에 있다가 갑자기 솟아오른 노래.
여름은 가도 좋으리. 푸른 바다 파도는 남아, 아름다운 추억을 노래하겠지.
세월은 지나도 좋으리. 행복하던 시절은 남아, 가고 오는 날들을 기다리겠지…
우리를 울리는 것은 언제나 아름다운 추억인데, 행복하던 시절인데.
잊지 못하고 지금 여기서 우는 것이 좋은 걸까?
아니면 까맣게 잊어버리고 무심하게 무상하게 그저 살아가는 것이 좋은 걸까?
좋으리, 좋으리, 하는 가수의 목소리가 슬프게, 슬프게 반복된다.

032

08 SEPTEMBER

쓴잔

저는 죽음에 대해서는 할 말이 없어요. 얼마나 그랬으면 그랬을까, 라거나 아무리 그래도 그렇게는, 라거나 그런 말을 할 수는 있겠지만, 스스로 자신의 목숨을 끊을 수밖에 없는 이유 같은 건, 본인밖에 모르는 거잖아요. 아프고 슬픈 건, 그렇게 본인밖에 모르는 걸로 혼자 맞아야 하는 죽음이잖아요. 얘기할 사람이 없었거나, 얘기해서 누군가의 마음을 아프게 하기 싫었거나 그랬을까요? 그래서 그 모든 무거움을 혼자 끌어안았던 걸까요? 얘기하지 않아도 알아주는, 그런 사람이 곁에 있으면 안 되나요? 그 사람 때문에 어떻게든 살고 싶은, 그런 사람이 있으면 안 되나요? 무엇이 들어 있는지 빤히 알면서 그 쓴잔을 마시고, 마지막 순간을 기다릴 때의 그 마음에 대해, 우리는 함부로 이야기하면 안 되는 거겠죠. 눈 한번 마주친 적 없는 사람이라 해도. 말 한마디 나눠본 적 없는 사람이라 해도.

한아름의 꽃다발을 받아 들고 나는 몰래 한숨을 쉬었다.
뿌리에서 떠난 지 오래된 그들은 곧 시들 텐데,
시든 꽃을 내다 버리면서 나는 슬플 텐데, 싫어서. 깨끗한 물을 담은 유리병에
정성껏 꽂아두었지만 하루가 지나지 않아 이미 시들기 시작했다.
하지만 온통 시든 꽃 속에 싱싱한 잎들이 섞여 있어서, 나는 조금 안도하며
잎을 골라 다시 꽂아두었는데. 뭔가 이상하다고 생각한 건 사흘이 지나고
일주일이 지났을 때였다. 잎들은 조금도 변함없이, 처음 모습을 그대로 간직하고 있었다.
나는 유리병에서 그들을 꺼내어 살펴보고 만져보고 맛을 보았다.
가짜다. 진짜처럼 만든, 가짜다.
내가 너무 한심해서 눈물이 날 것 같았다. 바보처럼 이런 것에까지 속아 넘어가다니.
바보처럼 겉모습만 보고 그것이 진짜라고 믿었다니.
바보처럼 나를 사랑하는 누군가가 세상에 있을 거라고 생각했다니.
진짜 같은 가짜를 비닐에 싸서 휴지통에 넣으려다가, 문득 생각한다.
오늘 나는 무인도처럼 외롭다. 모든 이들이 나를 잊었다. 세상의 모든 것이 나를 잊었다.

033
10 SEPTEMBER 가짜

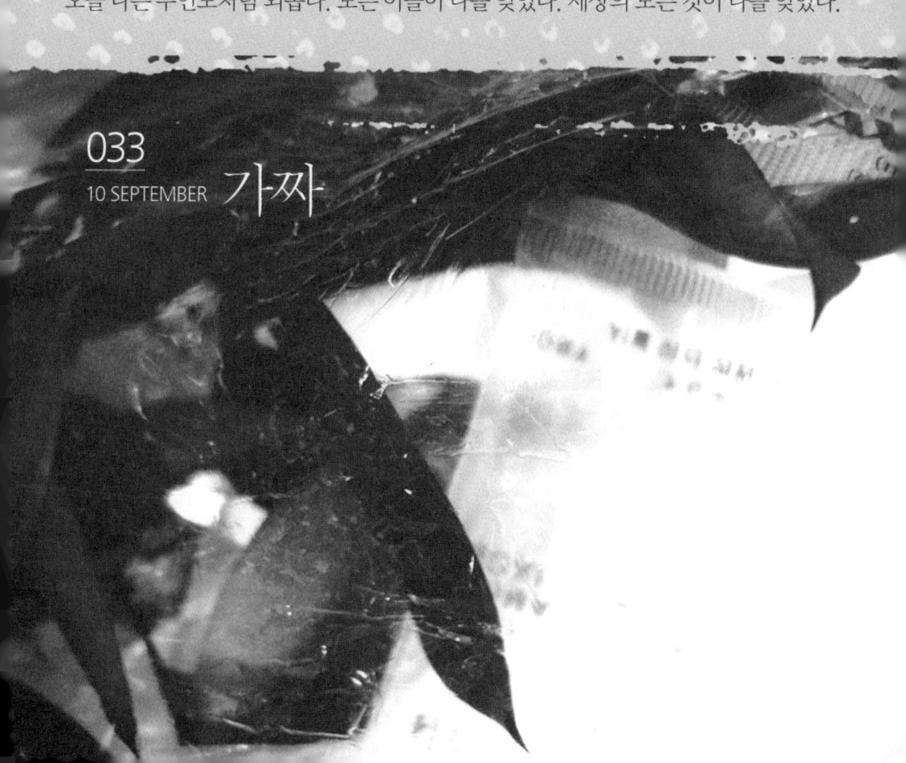

034
11 SEPTEMBER 한 생명이

'한 생각이 다른 생각을 불러온다. 어젯밤 꿈의 기억이
다른 사람을 통해 떠오르듯이. 동일하진 않지만 비슷한 뉘앙스를 느낄 때,
한 생각이 다른 생각을 불러온다.'라고 누군가 말했다.
한 마음이 다른 마음을 불러온다. 오래전에 잊었던 어떤 감정이 누군가를 통해
문득 발현되듯이. 나의 마음이 그의 마음을, 그의 마음이 나를 느낄 때,
마음의 결이 이루는 무늬가 비슷하다는 것을 깨달을 때,
한 마음이 다른 마음을 불러오고 그 마음들이 이어진다.
한 생명이 다른 생명을 의지한다. 한 생명이 다른 생명을 위무한다.
우리는 모두 이어져 있다.
빛을 나누어주며. 소중하고 소중한 마음과 생명을 주고받으며.

035
12 SEPTEMBER

저렇게 어린

회사 가는 길, 마을버스 안에서 밖을 내다보다가 시선이 멎는다. 유치원에 다니는 아이들이 나들이 나온 거였을까? 두 어른이 아이들을 데리고 걸어가는데 한 사람, 오른쪽에 아이들 넷, 왼쪽에 아이들 셋, 또 한 사람, 오른쪽에 아이들 셋, 왼쪽에 아이들 넷. 올망졸망 고만고만한 아이들이 서로의 손을 꼭 잡고. 선생님인 것 같은 어른들의 왼쪽 오른쪽에 선 아이는, 한 손에 선생님 손을 한 손에는 다른 아이의 손을 꼭 잡고, 줄줄이 서서 그렇게 손에 손을 잡고 있는데, 그 풍경이 따뜻하고 애틋해서 나는 괜히 눈물이 날 것 같다. 저렇게 어리고 작은 것들이, 서로를 놓치지 않으려고, 서로를 잃어버리지 않으려고. 아주 사소한 무엇이 서로의 손을 놓게 할 수 있다는 것도 아직 모르고. 저렇게 어리고 작은 희망에 의지하여. 바람과 거센 햇살을 막아줄 작은 우산 하나 영원히 머리 위에 있는 거라고 믿으며.

036

13 SEPTEMBER 역

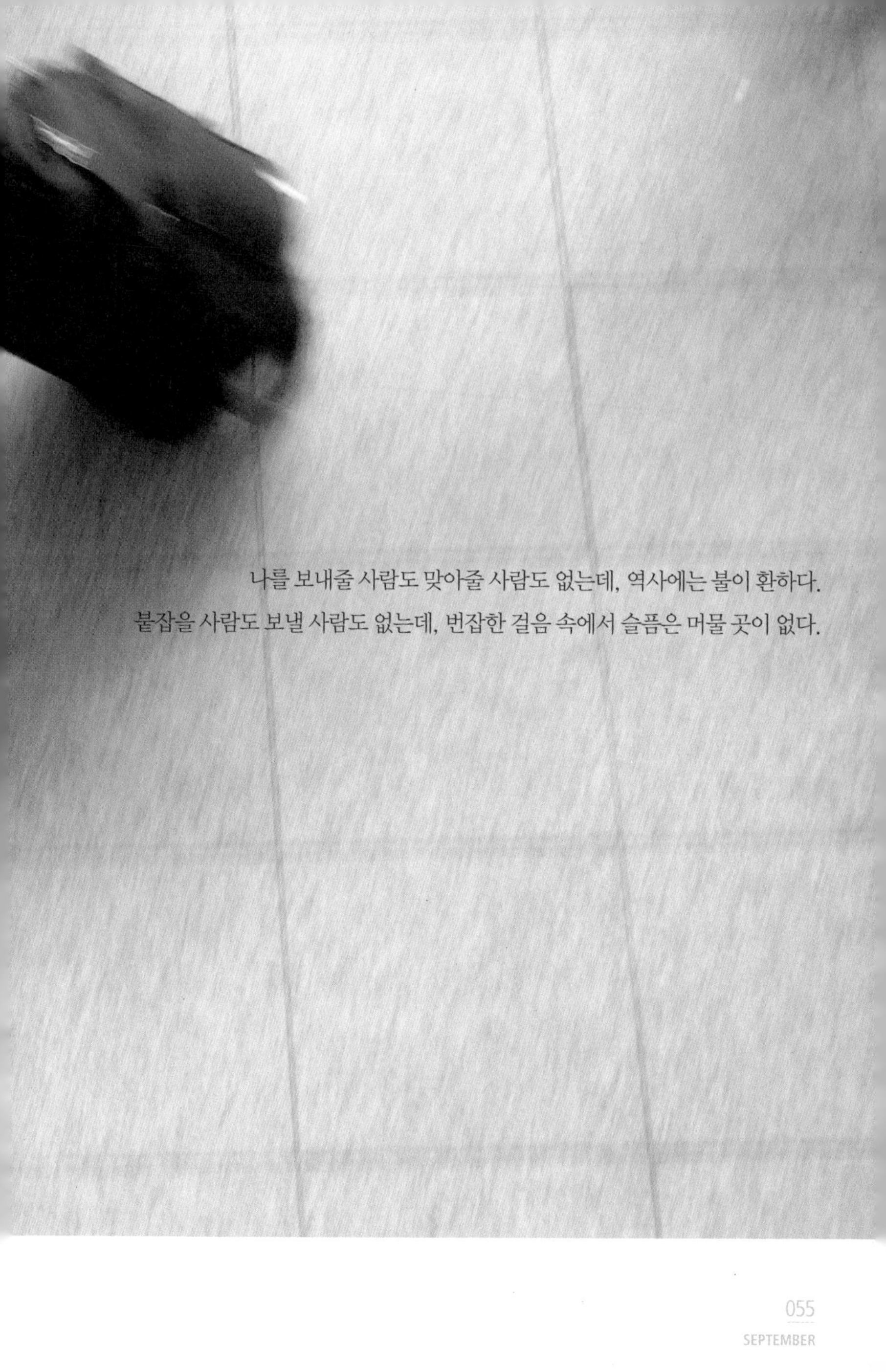

나를 보내줄 사람도 맞아줄 사람도 없는데, 역사에는 불이 환하다.
붙잡을 사람도 보낼 사람도 없는데, 번잡한 걸음 속에서 슬픔은 머물 곳이 없다.

037

14 SEPTEMBER

imaginary friend

한때 그곳에 있다고 생각했던
말을 걸면 대답해주고
손을 뻗으면 잡을 수도 있다고 믿었던
그러나 단단하고 투명하여 아무것도 방해할 수 없을 것 같은 얼음이 녹듯이
예고 없이 사라지는
얼굴과 목소리와 마음이 스르르 녹아버리는
잠깐 존재했다는 흔적도 찾을 수 없는
어쩌면 내 상상 속에서만 존재했던
그 친구.

038

16 SEPTEMBER

반지

그의 약속이 아직도 유효하다는 것을 나는 안다.

우리는 헤어진 것이 아니라 단지 오래도록 만나지 못하고 있는 것뿐이라는 것도.

우리 안에서 솟아오른 반짝임은 빛바래지 않을 거라는 것도.

뭐 이런 사랑이 다 있어?

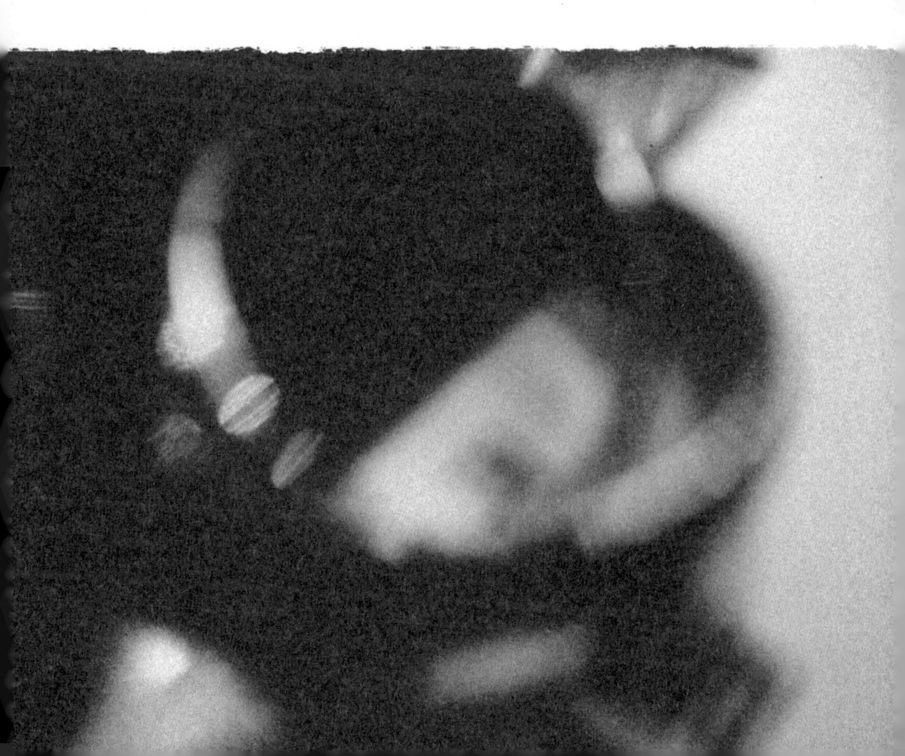

039

18 SEPTEMBER

질문

그런 질문은 금지되어 있다는 것도 알지만. 내가 들을 대답이 정해져 있다는 것도 알지만. 그것이 나를 실망시킬 거라는 것도 알지만. 무엇이 들어 있는지 이미 알면서도 뜯지 않을 수 없는 선물을 받은 아이처럼, 기어이 포장지를 뜯어버리고, 상자의 뚜껑을 열어버린 판도라처럼, 서둘러 그것을 닫아버린다. 어쩌면 그 밑바닥에 희망이 있을지도 몰라서. 부디 빠져나오지 못하도록. 영원히 그 속에 갇혀 있도록. 나를 괴롭히지 못하도록.

040
19 SEPTEMBER

뒷맛

파티의 뒷맛이 달콤하고 쓴 것은 그날 그때 내가 행복했기 때문이다.
누군가와 헤어지고 돌아서는 걸음이 불안한 것은 미래를 알 수 없기 때문이다.
그래도 오늘은 어제 먹다 남긴 케이크가 아니다.
그래도 내일은 아무 이유도 없이 오늘을 보상해주지 않는다.
달콤하고 불안한 채로, 기억하고 잊는 채로, 할 수 있는 일은 아무것도 없는 채로,
그러나 다정하게 흘러가는 오늘의 시간.

041

21 SEPTEMBER

기특하다

무언가를 포기하고, 또 무언가를 포기해야겠다 생각하고 나서,
두 남자가 산책하는 영화를 본다. 목적지가 있는 것은 산책이 아니라는 대사가
귀에 들어온다. 가끔은 목적지 없이 그저 걷는 것도 좋겠지, 하다가
대부분은 목적지 없이 그냥 걷자, 마음을 바꾼다. 그렇게 걷다가
하릴없이 쓸쓸해져서 작은 가게에 들러, 충동적으로, 작고 예쁜 것을 산다.
기특하다, 눈에 보이는 예쁜 것들은.
기특하다, 돈을 주고 살 수 있는 것들은.
기특하다, 가만히 매달려 어떤 허전함을 아주 조금 메워주는 것들은.
기특하다, 잃어버려도 아쉽지 않은 것들은.
기특하다, 쓸쓸함의 자리를 완전히 빼앗지 않고 조용히 나를 감싸주는 것들은.

042

22 SEPTEMBER

얼핏

이 세상 모든 것에서 그 마음을 읽어내려고 한다.
가끔 당신의 마음을 얼핏 보았다고 생각하기도 한다. 그렇게 믿고 싶어서
그렇게 착각하는 건지도 모른다. 당신과 나 사이를 막고 있는 창살이 견고할수록
창살 뒤에 있는 풍경은 아름다워 보인다.
나는 감히 당신을 부르지도 못하고 어둠 속에 서 있다.
당신이 밝아질수록 나는 어두워진다. 나는 무엇이 두려운 것일까.
당신이 나의 부름에 대답하지 않는 것? 혹은 가려진 부분이 드러나는 것?
그래서 모든 것이 나의 상상이고 착각이라는 걸 깨닫는 것?
나는 점점 겁쟁이가 되어간다.
당신을 알기 시작한 후부터.

Diana

IV
LICENCE

043

03 NOVEMBER 거리

당신과 나 사이에
거리가 있어야
당신과 나 사이로
바람이 분다

당신과 나 사이에
창이 있어야
당신과 내가
눈빛으로 마음을 나눌 수 있다

어느 한쪽이 창 밖에 서 있어야 한다면

그 사람은 나였으면

당신은 그저 다정한 불빛 안에서

행복해라

따뜻해라

044

04 NOVEMBER

how far can you fly?

우리는 날아갈 수 있을까? 어디까지 날아갈 수 있을까? 날아가다 내가 뒤처지면 당신은 기다려줄 수 있을까? 나란히 날아가는 일이 행복하다고 얘기해줄까? 날아가다 지치면 머물 곳을 찾을 수 있을까? 당신이 머물고 싶은 곳과 내가 머물고 싶은 곳은 같은 곳일까? 천 년의 시간을 넘어, 생의 마지막에 이른 그곳에서 옆을 돌아보면 당신이 웃고 있을까? 아니 그보다 나는 당신이 함께 날고 싶은, 그래도 좋겠다 싶은 사람일까? 그랬으면 하지만. 아직 무어라 말하기엔 이른. 말하기 힘든. 말하면 안 될 것 같은.

《piano, solo》 O.S.T. 중에서 Luca Flores의 〈How far can you fly?〉를 들으며

NO.

045

05 NOVEMBER

흐리다

오늘은 기분이 별로군요. 나도 그래요. 그냥 가버리는 건 쉬워요. 항상 그래왔으니까.
정말 어려운 건 머무는 것이죠. 뜨거워지거나 차가워지면 안 되니까.
가끔은 희망이 나를 놓아주었으면 해요. 놓아주지 않을 거면 차라리 잡아먹든지.

046

11 NOVEMBER

99퍼센트의 연인

만약 99퍼센트의 연인을 만난다면,

우리는 1퍼센트의 부족함 때문에 미쳐버릴지도 몰라.

마지막 한 조각의 퍼즐이 사라졌을 때처럼 온 마음이 그 1퍼센트에만 쏟아져서,

99퍼센트의 사랑을 놓쳐버릴지도 몰라.

만약 49퍼센트의 연인을 만난다면,

부족한 51퍼센트보다 충족된 49퍼센트에 대해 감사할지도 몰라.

서로 다르다는 것을 인정하기도 하고 때로 모른 척도 하면서,

따로 또 같이 그럭저럭 살아갈 수 있을지도 몰라.

알아, 인간은 99퍼센트의 사랑을 감당할 수 없다는 거.

알면서도 나는 왜 바라고 있는 걸까. 어째서 포기가 안 되는 걸까.

시간이 지나면 지날수록 더더욱.

진실은 눈에 보이는 것과 다르다, 라는 말이 있다. 그 말이 멋있다고, 맞는 소리라고 생각했다. 별로 생각도 안 해보고. 어제 읽은 추리소설의 마지막에 또 그런 말이 나오기에 조금 생각을 해보았다. 그랬더니,

제 생각엔 말이죠, 진실은 눈에 보이는 그대로일 수도 있어요. 우리에게 진실을 볼 수 있는 눈이 있다면. 아무리 감추어도 드러나는 것이 진실인데 이 정도 살아왔으면 그 정도는 봐야 하는 거 아닐까요? 보이지 않아서 답답한 거겠죠. 엉뚱한 걸 믿는다면 그래서 확신한다면 답답함은 없겠죠. 그러나 진실을 볼 수 없다는 것은 또 한편으로 우리 안에 진실이 없기 때문일 수도 있겠죠. 아직 진실이 되기에는 덜 영근 무엇, 그것을 진실이라고 착각하지 않도록 조심해야겠어요. 진실이라 믿었던 그것에 의해 상처 받지 않도록.

047

17 NOVEMBER 진실

048

18 NOVEMBER

기다림

유리벽 안에 새들이 갇혀 있는 카페였다. 나는 스무 살이었고 누군가를 기다리고 있었다. 답답했다. 유리를 깨고 새들을 모두 날려 보내고 나도 달아나고 싶었다. 무엇인가가 나를 그곳에 묶어두었다. 그건 오지 않는 사람이었다. 너무 길고 깊고 아득한 기다림이었다. 내가 얼마나 기다렸는지, 기다리던 사람이 끝내 왔는지 안 왔는지, 그 사람이 누구였는지조차 기억나지 않지만, 기다리던 시간은 내 모든 세포에 각인되었다. 기다리는 것은 기다리는 동안 결코 오지 않는다. 아무리 빨리 와도 언제나 너무 늦다. 기다리는 시간이 십 분이라 해도 그 사이에 계절이 수없이 바뀐다. 나의 마음은 끝이 난다. 끝나고 나면, 기다리던 무엇이 오든 말든 상관이 없어진다. 기다리던 무엇이 무엇이었는지도 기억나지 않는다.

그러나 언젠가 이 길지 않은 생의 마지막에서 가장 힘들었던 일이 무엇이었느냐고 누군가 묻는다면, 그건 기다림이었다고 나는 대답하게 될 것이다. 그리하여 마음에 갇혀 있던 새들을 다 날려 보냈다고. 그리하여 더 이상 아프지 않게 되었다고.

049

19 NOVEMBER

사실

누군가가 어떤 이야기를 할 때, 그 이야기가 사실이라고 해도 그것이 반드시 진실이라 할 수는 없다. 그건 법정에서 하는 증언과 흡사하다. 똑같은 사실을 가지고 변호사와 검사는 각각 자신에게 유리한 방향으로 몰고 간다. 그건 카페 한쪽에 틀어놓은 오래된 흑백영화와 같다. 가끔 자막을 읽어보지만 전체 스토리를 모르면 무의미한 음절의 나열일 뿐이다. 누군가 내가 한 이야기를 악용하여 나를 나쁜 사람으로 만들 수도 있다. 누군가가 한 어떤 이야기가 나에게 나쁘게 전해질 수도 있다. 그것은 사실이겠으나 사실을 제대로 파악하기 위해서는 진실을 알아야 한다. 어느 누구의 진실도 하루아침에 알 수 있는 건 아니지만, 진실도 계속하여 변화하는 거지만, 최소한 사실에 눈이 멀어 휘둘리면 안 되는 것이다.

나는 진실을 보고 있는가.
볼 수 있는가. 보려 하는가. 보고 싶은가.

050

19 NOVEMBER

첫눈이 온다구요?

첫눈이 온다는데

우린 어디서 만날까요.

아뇨, 나는 가지 못하니 당신이 오세요.

알잖아요, 나는 당신에게 가는 길을 잊어버렸어요.

첫눈이 온다는데

당신은 어떻게 올 건가요.

아뇨, 버스도 전철도 안 돼요.

걸어오거나 날아오지도 마세요.

당신은 그냥
밤으로 오세요.
꿈으로 오세요.
눈길에 발자국 하나 얼룩 하나 남기지 말고.
내가 왔어요, 소리도 내지 말고.

그래야 내가 모르죠.
당신이 온 것도 모르고.
어느새 가버린 것도 모르고.
떠나는 사람이 없어야 남는 사람도 없죠.
행복이 없어야 슬픔도 없죠.
만남이 없어야 이별도 없죠.

첫눈이 온다는 날
기다림이 없어야 실망도 없죠.
사랑이 없어야 희망도 없죠.

잠시 왔다가 가는 밤처럼
잠시 잠겼다 깨어나는 꿈처럼
그렇게 오세요.
그렇게 가세요.

그렇게 눈부시게 피어나지마
언젠가 시들 거면서

051

20 NOVEMBER

말랑말랑

지난봄에 내 마음은 찰랑찰랑했고 여름에는 녹신녹신했다. 가을을 통과하며 그 마음은 말랑말랑해졌다. 볕에 잘 말린 홍시처럼. 추워졌다. 삶이 추워지고 마음이 추워지고 눈물이 추워졌다. 그래서 마음은 굳어져갔다. 나는 어제보다 조금 덜 말랑말랑하고 조금 더 단단해진 마음을 가만히 만져본다.

어쩌면 다행인 거라고 생각한다. 그러나 그것이 나의 착각이라면? 마음은 단단해지고 있는 것이 아니라 조금씩 얼어붙어가고 있는 거라면? 그리하여 꽁꽁 얼어붙은 마음을 누군가 가볍게 툭 하고 건드리는 것만으로도 치명적인 금이 생겨버린다면? 그 속에 들어 있던 채 익지 않은 마음들이 갑자기 무너지고 터지고 솟아오른다면?

그런 일 없기를. 내일은 오늘보다 조금 더 단단해지기를. 부디.

052

23 NOVEMBER

그래그래

그때 그가 말했다.
나는 너를 영원히 마음에 껴안고 갈 거다.
나는 생각했다.
그래그래.

그때 그가 말했다.
우리가 만날 수 없는 날들이 아주 오래 이어진다고 해서
이를테면 십 년쯤 소식만 겨우 들을 수 있다고 해서
너를 잊은 건 아니다.
나는 생각했다.
그래그래.

그때 그가 말했다.
나에게는 벗지 못할 짐이 있다.
그러나 내가 지켜갈 모든 것에 네가 있다.
나는 생각했다.
그래그래.

순간은 진실하다.
그리고 순간을 벗어나면 모든 것이 명확해진다.
그래그래.

053

24 NOVEMBER

만나

그러므로 내일 일을 위하여 염려하지 말라. 내일 일은 내일 염려할 것이요
한 날 괴로움은 그날에 족하니라 (마태복음 6장 34절)

Therefore do not worry about tomorrow,
for tomorrow will worry about itself.
Each day has enough trouble of its own.

이스라엘 백성들이 이집트를 탈출하여
모세의 인도로 40년 동안 광야에서 생활할 때
매일 저녁이면 메추라기가, 아침이면 '만나'가
하늘에서 떨어졌다.
백성들은 아침으로 만나를, 저녁으로 고기를 먹으면서
광야에서의 40년을 보냈다.

만나는 꿀맛이 나는 떡(빵)과 비슷한 것이라고 성경에 기록되어 있다.
재미있는 건, 이 만나는 다음날이 되면 상해버린다는 것이다.
다만 안식일 전날인 토요일에 거둔 만나는 일요일에도 변하지 않는다.
나는 늘 그 이유가 궁금했다.
그러다가 이런 생각이 들었다.

그날 떨어진 만나는 그날 안에 다 먹어야 한다.
내일을 위해 남겨 두어봤자 아무 소용이 없다.
남들보다 조금 더 많이 갖는 것은 무의미하다.
그건 단지 하루 몫의 식량일 뿐 돈도 안 되고 권력도 안 된다.

만약 만나를 비축할 수 있었다면
그 안에서 빈부의 격차와 계급이 생겨나고
권력을 얻기 위한 여러 가지 치사한 술수와 거짓말이 생겨나고
사람들은 서로 싸우고 미워하고 그랬을 것이다.

그러므로 우리에게 필요한 것은 어쩌면 하루 몫의 희망.
하루 몫의 사랑. 하루 몫의 겸손함. 하루 몫의 위안.
내일을 위해 남겨 두어봤자 아무 소용이 없다.
오늘 말하고 전하고 표현하고 지키지 않으면.

또한 우리에게 주어진 것은 어쩌면 하루분의 슬픔.
하루분의 걱정. 하루분의 절망. 하루분의 기다림.
그것들은 모두 오늘에 속해 있고 내일이 오기 전에 끝난다.
일어나지도 않을 내일의 일 때문에 오늘 괴로워할 필요는 없는 것이다.
…멋진 일이다.

054
25 NOVEMBER
시인의 사랑

스승의 딸 클라라와 사랑에 빠져서 스승의 반대를 무릅쓰고 소송까지 내어 클라라와 어렵게 결혼을 한 첫 해, 슈만은 이틀에 하나꼴로 작곡을 했다고 한다. 사람들은 슈만의 아름다운 가곡들이 쏟아져 나온 그 해를 '노래의 해'라고 부른단다. 그중에서도 〈시인의 사랑〉은 정말 아름답다. 사랑의 힘은 위대하다는 식상한 말은 쓰고 싶지 않지만 인정하지 않을 수 없다. 사랑하는 여인을 얻고 사랑으로 충만한 삶을 살아야 했을 슈만은 그러나 생의 마지막을 정신병원에서 보냈다. 클라라는 거의 면회를 가지 않았고 그 대신 슈만의 제자이자 클라라를 사랑했던 브람스가 몇 차례 그를 방문했다. 슈만은 쓸쓸하게 죽었다. 클라라 없이.
사랑은 그를 구원하지 못했다. 사랑은 영원히 우리를 지켜줄 만한 힘이 없다. 사랑이 우리를 지배하는 동안, 뮤즈에게 영혼을 의탁하고 우리 속에 있는 아름다운 무엇을 세상에 꺼내어 보이는 것에는 무슨 의미가 있을까. 사랑의 아름다움을 노래한 다음 사랑에 의해 배신당하는 우리는 그저 뮤즈의 노리개일 뿐인 걸까.
모르겠다. 그래도 〈시인의 사랑〉은 여전히 아름답다.

055
28 NOVEMBER

너도밤나무

삼나무 숲이 끝나고 해발이 높아지면서 눈을 하얗게 뒤집어쓴 나무들이 나타났다. 잎을 다 떨구고 군살 없이 쭉쭉 뻗은 나무가 무슨 나무냐, 논란이 일었다. 여러 나무의 이름이 거론되었다. 너도밤나무. 나도 조그맣게 말해보았다가 당장 커트당한다. 밤나무는 절대 아니야!

네… 나무 이름뿐 아니라 모든 이름에 영 자신이 없는 나는 바로 꼬리를 내린다. 다음 날에도 여전히 나무 이름이 궁금한 우리는 드디어 푯말을 발견했다. 가타카나로 '부나'라고 쓰여 있다. 일어 잘하는 친구에게 문자를 보낸다.

– 너도밤나무… 거기 숲이 문화유산진가 그럴 거야, 아마…

밤나무와 전혀 닮지 않았는데 밤나무라고? 경악하던 S선배가 갑자기 이야기 하나를 기억해냈다. 옛날옛날 어느 산에 살던 어떤 사람에게 산신령이 나타나서 백 그루의 밤나무를 심으라고 했단다. 그 사람은 밤나무 백 그루를 심었단다. 그런데 그만 그중 한 그루가 자라지 못하고 죽어버렸단다. 산신령이 세어보니 아흔아홉 그루밖에 없어서 화를 냈단다. 그때 아흔아홉 그루 밤나무 옆에 있던 나무 하나가 그랬단다. 나도 밤나문데요… 그래서 그 나무를 너도밤나무라고 부르게 되었다는 너무나 귀여운 이야기. 응, 그래그래, 너도 밤나무야, 나무한테 몇 번이나 속삭여주면서 생각한다. 나도 어디에선가 누구에겐가 부족한 한 그루를 채워주는 무엇이 되었으면. 그리하여 그 풍경이 완성될 수 있도록. 그리하여 그 사람이 행복해질 수 있도록.

056

29 NOVEMBER

사랑에서 가장 중요한 것

시의적절함이란 얼마나 멋진 장점인가!
누군가가 내게 사랑에서 가장 중요한 것이 무엇이냐고 묻는다면
가장 적절하게 시간을 붙잡을 줄 아는 능력이라고 대답할 것이다.
두 번째, 세 번째로 중요한 것 역시 마찬가지다.
이 순간이야말로 모든 것을 이룰 수 있는 때이기 때문이다.

– 미셸 드 몽테뉴, 〈베르길리우스에 관한 시편〉 중에서

…그러나 '이 순간'이 무엇을 위한 때인지
어떻게 알 수 있지?

손을 내밀 때인지
마음을 전할 때인지
기다릴 때인지
물러설 때인지
미워할 때인지
감사할 때인지
떠날 때인지
새로 시작할 때인지
아니면 마음을 접을 때인지…

시간은 손가락 사이로 빠져나가고
아무것도 하지 못하고
아무것도 이루지 못하고

057

05 DECEMBER

딜레마

한 사람을 조금 더 알게 되면, 사랑을 할 수도 없고 안 할 수도 없게 된다. 한 사람을 조금 더 알게 되면, 그의 손을 잡고 미래로 걸어갈 수도 없고 혼자 버려두고 뒤돌아갈 수도 없게 된다. 한 사람을 조금 더 알게 되면, 알면서 모른 척하고 모르면서 아는 척하게 된다. 이것이 제1의 딜레마.

나를 잘 알아주는 사람이 있었으면 하다가도 누군가 '너는 이런 사람이야'라고 말하면, 나는 '이런' 사람 말고 '저런' 사람이 되고 싶어진다. 나를 다 보여줄 수 있는 사람이 있었으면 하다가도, 누군가 나를 제대로 보고 있다는 생각이 들면, 나는 휘장을 내리고 달아나고 싶어진다. 이것이 제2의 딜레마.

오늘은 어떤 페르소나를 쓰고 세상으로 나가볼까.

당신은 오늘 어떤 나를 만나고 싶은가.

058

13 DECEMBER 티볼리

티볼리는 아주 작은 라디오예요. 작고 단순하고 소박하고 그냥 전원만 꽂아주면 그것으로 끝나는 착한 라디오예요. 티볼리는 진짜 라디오예요. 스테레오도 아니고 복잡한 버튼도 없어요. 주파수만 맞추면 스물네 시간 불평도 없이 느긋하게 노래를 불러요. 티볼리는 따뜻한 라디오예요. 나무의 온기가 전해지고 사람의 목소리가 가깝게 들려요. 괜찮아, 괜찮아, 온종일 그렇게 말해줘요. 이렇게 작은 것에서 이렇게 깊은 소리가 나는데 나는 어떻게 된 걸까요. 나는 왜 여태 깊이 하나 얻지 못했을까요. 삶에서 필요한 건 어쩌면 이런 것일 텐데요. 휘황찬란한 불꽃놀이가 아니라 영화 같은 사랑놀이가 아니라 착하고 소박하고 단순하고 변함없는 무엇. 미안해요. 깊이 없는 나는 아무 일도 일어나지 않는 일상에 지쳤어요. 미안해요. 깊이 없는 나는 기댈 곳이 필요해요.

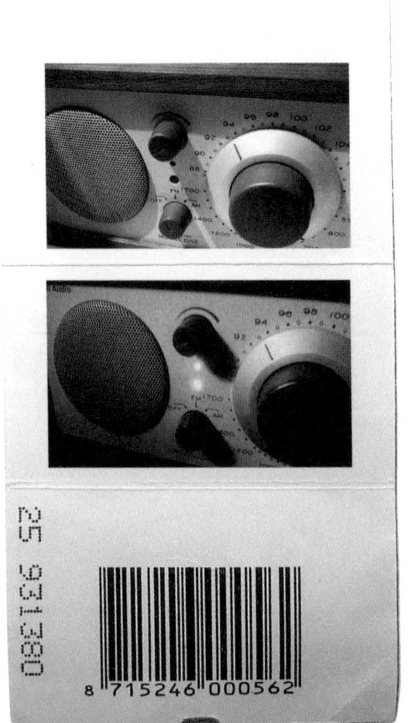
8 715246 000562

059
16 DECEMBER
나는 거짓말을 했다

아직 살아 있는
마음의 가지가 있다면 잘라내라
불 속에 던지고
재가 되기를 기다려라

그런 건 중요하지 않다고 했다
모르면서 알겠다고 했다
잊어버렸다고 했다
잊어버리겠다고 했다

아프지 않다고 했다
아프다고 했다
희망은 있다고 했다
희망이 없다고 했다

끝이라고 했다
시작일지도 모른다고 했다
괜찮다고 했다
괜찮지 않으면 어쩌겠느냐고 했다

나는 거짓말을 했다
나에게

쿵
우체통 바닥에
무겁게 떨어진 편지
쓰고 나서
바로 후회했던
어떤 무거운 편지

060
17 DECEMBER

무거운 편지

편지를 쓸까 했어요.
무슨 말로 시작할까 생각했어요.
생각을 하다 보니
해야 할 말도 없고
할 수 있는 말도 없고
하고 싶은 말도 없었어요.

난 잘 지내기도 하고 못 지내기도 해요, 라는 말도 웃기죠.
아무 내용도 없잖아요.

잘 지내요? 라는 질문도 이상하죠.
못 지낸다고 해서 내가 할 수 있는 일도 없는데.

잘 지내세요, 도 그래요.
사실 난 당신이 좀 못 지내면 좋겠거든요.
하지만 그런 소릴 할 수는 없죠.

난 잘못한 것도 없이 우스운 사람이 되어버렸고
이제 와서 그걸 바로잡을 수도 없는데
마음이 어떻든 뭐가 바뀌겠어요.

잔인하죠? 이게 우리의 미래였어요.

061
17 DECEMBER

프루스트는 말했다

성적 고뇌에는 한계가 없고
고독에 대한 침해는 우리의 사유를 손상시키며
관조가 가능할 때만 고통에 집중할 수 있고
우정은 피곤과 권태의 중간에 위치하고 있다

라고 프루스트는 말했다.

간절히 바라면 온 우주가 당신의 꿈을 이루어준다는
뭐 그딴 말들보다 나는 이런 말이 마음에 든다.
세상의 좋은 것들로부터 나 혼자만 소외되어 있는 게 아니구나, 싶어
어쩐지 위로받는 기분까지 든다.

생각을 오래 하면 그렇다.
점점 부정적이 되고 나중에는 아무것도 모르게 된다.
그러나 '아무것도 모르게 되는' 상태는
'모든 것을 알고 있다고 착각하는' 상태보다 훌륭하다.

삶은 우리에게 무한의 것을 공급하지 않는다.
쥐고 있는 카드를 던져야 다른 카드를 받을 수 있다.
그 카드가 우리를 행복하게 해줄지 불행하게 해줄지 알 수 없어도
어찌 되었거나 새로운 카드인 것이다.

18 DECEMBER

마이너, 마이너

그러니까 순서는 이렇다.

제1도, major 7, Ionian scale

제2도, minor 7, Dorian scale

제3도, minor 7, Phrygian scale

제4도, major 7, Lydian scale

제5도, major 7, Mixo-Lydian scale

제6도, minor 7, Aeolian scale

제7도, minor 7 flat 5, Locrian scale

다시 말하자면, 메이저, 마이너, 마이너, 메이저, 메이저, 마이너, 마이너의 순서다.
마이너가 메이저보다 하나 많지만 다시 메이저로 돌아가니까
그럭저럭 공정하다는 느낌이다.
재즈의 Mode scale을 볼 때마다 그런 식의 인생, 이라는 기분이 든다.
그런 식의 하루, 일 수도 있고 그런 식의 인연, 일 수도 있다.
메이저가 연달아 세 번 나오는 일도 없고 마이너도 마찬가지다.
jackpot을 터뜨리기에는 하나 모자라지만 three out도 없다.

응, 그런 거다. 좋은 건 아니지만 나쁘지도 않은 거다.
지금 마이너, 마이너라도 견딜 수 있다.

그러니까 우리도 조금씩 변할 거야
그러나 말했듯이 헤어지지 않을 거라는 느낌
같이 늙어갈 거라는 느낌
함께 있다 혼자 집으로 돌아와도 충만해 있는 느낌
삶을 공유하고 있다는 느낌

내가 마이너 속에 있을 때
너의 메이저가 가만히 다가와서 아름다운 화음이 되었지
잊지 마, 잊지 않을게

063

19 DECEMBER

소통

그건
나의 바람이었고
당신의 자만심이었다.

그건
나의 자만이었고
당신의 착각이었다.

그건
나의 착각이었고
당신의 계산이었다.

그리고 모든 것이 복잡해졌다.
나는 어리석은 말들을 하기 시작했고
당신은 내 말에 더 이상 귀를 기울이지 않았다.
나는 그것을 참을 수 없었다.

당신은 아직도 여전히 모르겠지.
내가 정말로 무슨 생각을 하고 있었는지.
무슨 생각을 하고 있는지.

064

24 DECEMBER

신고

"나의 고고한 천재성을 빼고는 달리 신고할 것이 없습니다."

스물여덟 살의 오스카 와일드가 뉴욕 세관에 도착했을 때 했다는 말이다.

잘난 사람들이 스스로 잘났다고 말하는 것을 들을 때면
굉장한 쾌감이 느껴진다. 아. 멋지다. 오스카.

"나의 부서지기 쉬운 마음과
고장 나기 쉬운 심장과
상처 받기 쉬운 자존심을 신고합니다.
그것들로 만들어지는, 나만 만들어낼 수 있는 수많은 이야기들도."

나도 이렇게 말하고 싶다.
'특별히 신고해야 할 무엇'이 있느냐는 질문을 누군가에게 받는다면.

065

26 DECEMBER

러시아의 크리스마스

있잖아, 그거 알아? 러시아의 크리스마스는 십이월 이십오일이 아니래. 러시아의 크리스마스는 일월 칠일이래. 뭔가 복잡한 계산법에 의해서 그렇다는데 그런 건 까먹었어. 그냥 그 말을 듣는 순간 굉장히 재미있단 생각이 드는 바람에. 전 세계 모든 사람에게 크리스마스는 십이월 이십오일인 줄 알았는데 그렇지 않다니 정말로 신기하지 않아?
당신은 지난 크리스마스에 혼자 있었다고 했지? 또 당신은 앓았다고 그랬지? 또 당신은 약속이 어긋나서 잔뜩 속상했다고 했지? 하지만 속상해하지 마. 우리의 크리스마스는 아직 오지 않은 건지도 몰라. 우리가 만나는 날, 그날이 크리스마스야. 당신이 정말로 행복해하는 날, 그날이 크리스마스야. 행복한 당신을 보면서 내가 행복해하는 날, 그날이 정말로 우리의 크리스마스인 거야. 일 년에 크리스마스가 딱 하루일 리 없잖아. 그분은 언제나 우리와 함께 계시니까. 나는 또 이렇게 당신과 함께 있으니까.
우리 내년에는 우리의 크리스마스를 조금 더 많이 만들었으면 해. 아프지 않은, 함께 있는, 서로가 서로를 행복하게 해주는 그런 진짜 크리스마스들을.
기다려, 우리의 크리스마스를.

28 DECEMBER

베토벤 10번 교향곡

1827년, 베토벤이 세상을 떠나고 156년이 지난 1983년, 베를린 국립 프러시아 문화재단 도서관에서 베토벤의 미완성 교향곡의 악보를 발견한 사람은 스코틀랜드의 음악이론가 배리 쿠퍼였다. 악보는 8,000페이지 정도, 순서도 엉망인 데다가 악필로 소문난, 그래서 누구도 알아볼 수 없다는 베토벤의 노트들이 빼곡하게 들어 차 있었다고 한다. 그러나 이것이 베토벤의 마지막 교향곡이라는 것을 알게 된 사람들은 5년간의 노력 끝에 재구성 작업을 해냈다.

1988년, 발터 벨러의 지휘로 런던 로얄 리버풀 필하모닉 오케스트라에 의해 런던에서 초연된 베토벤 10번 교향곡은 Eb메이저이며 교향곡에서는 흔치 않은 8분의 6박자를 사용하고 있다. 한국에서는 1989년에 초연되었다.

베토벤의 마지막 교향곡은 제9번 〈합창〉이지만, 그는 생전에 열 개의 교향곡을 작곡하는 것을 목표로 삼았고 10번 교향곡이 자신의 마지막 작품이 될 것으로 믿었다고 한다. 사실 교향곡의 개수 같은 건 크게 중요하지 않다. 작품의 수가 많은가 적은가로 예술가의 위대함이 결정되는 것도 아니다. 경계해야 할 것은 오히려 재능 없는 아티스트가 너무 많은 것을 생산해냄으로써 사람들을 현혹시키는 것이 아닐까. 베토벤은 월광소나타 한 곡으로도 위대하고 아델라이데 한 곡으로도 위대하다. 그런 위대한 인물이 우리에게 평생을 되풀이하여 들어도 그 깊이를 다 알 수 없는 곡들을 이만큼이나 많이 남겨주었다는 것이 감사하고 감사하다.

10번 교향곡은 베토벤이 세상을 떠나기 직전까지 작업했던 곡이라는 데 그 의미가 있다. 자유분방하면서도 절제되어 있고, 슬픔보다는 힘이 느껴진다. 자신만만하지만 겸손하고 냉철하지만 뜨겁다. 나도 나이가 들면, 그런 마음을 가지게 될 수 있을까. 죽음 앞에서, 겸손하고 당당할 수 있을까. 살아생전에 꼭 이루고 싶었던, 완성하고 싶었던 무엇을 두고 숨이 끊어질 때 응, 그래, 괜찮아, 이것으로 족해, 하면서 이 세상에 두고 가는 모든 것에 대해 손을 흔들 수 있을까.

당신에게는 그런 것이 있나요?
세상을 떠나기 전에 꼭 이루고 싶은 무엇이?

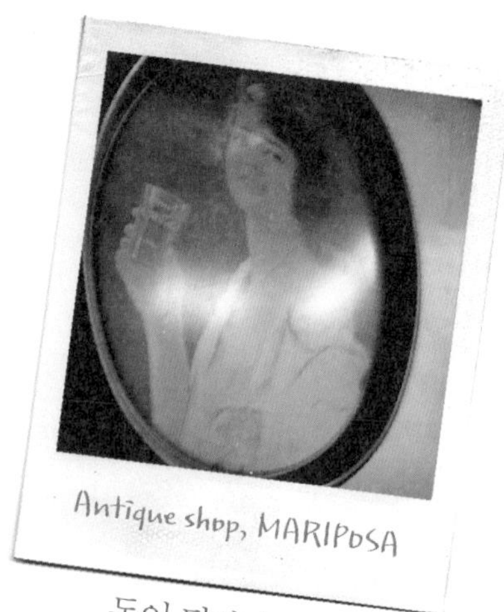

독이 되거나 빛이 되거나
둘 중 하나

067
03 JANUARY

액세서리

당신이 내게 주고 간 그건
울퉁불퉁 참 못생겼었지요.
그걸 보고 있자니 마음이 욱신거리고 머리가 핑 돌아서
금방이라도 내게 덤벼들어 심장을 찌를 것 같아서
그냥 보고 있을 수가 없었지요.

나는 날마다 그것을 내다 버렸지요.
몇 겹의 종이와 몇 겹의 비닐로 꽁꽁 싸서
아무도 없는 새벽 길거리에 던져버렸지요.
그러나 깊은 밤이면 어느새 내게로 돌아와 있던 그것.

여러 날 여러 밤 화가 난 채로
나는 그것을 무시하려고 애썼지요.
그러다 어느 날
하루 종일 당신 생각을 한 번도 하지 않았던 그런 날
한밤에 깨어나 말간 눈물을 흘리는데

방 한구석에서 반짝반짝 빛이 났지요.
당신이 내게 주고 간
참 못생겼던 그것이
반짝반짝 빛을 내고 있었지요.

그 후로 어쩌다 가끔
마음이 텅 빈 것 같은 날이면
나는 그것을 지니고 집을 나서지요.
목에 걸기도 하고 손가락에 끼기도 하고
그것으로 머리를 묶기도 하지요.

사람들은 내가 어제보다 아름다워졌다고 하지요.
헤어스타일을 바꾸었느냐고도 하고
새 옷을 입었느냐고도 하고
사랑에 빠졌느냐고도 하지요.

그러나 내가 빛나는 것은
당신이 주고 간 그것 때문.
시간을 견디고 눈물을 견디고 이제야
반짝반짝 빛을 내는

당신이 주고 간 상처 때문.

068

04 JANUARY

세르반테스

둘시네아 델 토보소에게 보내는 돈키호테의 편지

고귀하고도 고귀하신 공주님께
감미로운 둘시네아 델 토보소 공주시여, 그대의 부재로 상처 받고
가슴속 깊이 찢긴 이 몸이 비록 안녕치 못하나
공주님께 안부를 전합니다.
그대의 아름다움이 저를 멸시하고,
그대의 가치가 저를 위한 것이 아니며,
그대가 저를 냉대한다 하더라도 얼마든지 감내할 수 있습니다.
그러나 그것이 너무도 강하고 더욱이 지속된다면
이 슬픔을 참아내기 어려울 것입니다.
제 충실한 종자 산초가 공주님께 모든 소식을 전해드릴 것입니다.
오, 무정하고 아름다운 여인, 나에게 상처를 주는 사랑하는 여인이여!
그대가 나의 존재의 이유입니다.
만일 저를 구제해주고자 한다면 저를 그대의 것으로 받아주시고,
그렇지 않다면 그대 뜻대로 하소서.
그리하여 제 삶을 마감함으로써
그대의 잔인감을 충족시킬 것이며
저의 바람을 이룰 것입니다.

영원히 그대를 위하여 헌신하는
슬픈 얼굴의 기사

– 세르반테스, 『돈키호테』 중에서

세르반테스와 셰익스피어는 같은 시대에 살았지만
두 사람은 서로 만난 적도 없었고 세르반테스는 셰익스피어에 대해
들어본 적조차 없었다고 한다. 셰익스피어는 1611년에
셸턴이 번역한『돈키호테』를 처음으로 읽었고『돈키호테』에 등장하는
카르데니오를 주인공으로 한『카르데니오』를 썼지만,
이 작품은 유실되었다.

세르반테스의 빛나는 천재성은
돈키호테의 무분별한 사랑과 닮아 있어서, 단어와 단어 사이,
행간과 행간 사이에서 예기치 않게 튀어 오르며,
사람을 망연자실하게 만드는 유머,
삶에 대한 날카로운 절망은 양날의 칼처럼 덤벼든다.
책 속에 코를 박고 쿡쿡쿡 웃다가 다음 순간,
조금 전까지 확실한 실체로 눈앞에 존재하던 무엇이
급히 사라져버린 후에 찾아오는
'번뜩이는 부재' 속에 놓이게 되는 것이다.

위의 편지는 돈키호테가 자신의 존재조차 모르는
둘시네아에게 보내기 위해 쓴 것이지만,
물론 전해지지는 않았다. (둘시네아를 만나지도 않았지.)
심부름을 하기로 한 산초에게 편지를 주는 것을 잊었기 때문이다.
이 편지 속에는 사랑, 환상, 욕망에 관한
인간의 본능이 담겨 있다. 우습기도 하고 무섭기도 하고
한심하기도 하고, 상당 부분 찔리기도 한다.

세르반테스와 셰익스피어는 같은 날 세상을 떠났다.
1616년 4월 23일이었다.
하나님은 욕심도 많으시지. 몹시 심심하셨거나.

무엇이 보이는가
여기
당신이 만든 동굴 안에
스스로 갇혀 있는
지금

069

08 JANUARY

고장

몹시 추웠던 날, 문득 그런 생각을 했다. 보일러가 갑자기 고장이 나면 어쩌지?
5년 넘게 그런 일 한 번도 없었는데 왜 그런 생각을 했을까.
그런데 내 생각을 엿보기라도 했는지, 정말로 보일러가 갑자기 고장이 나버렸다.
월요일에 친절한 아저씨가 와서 고치고 가고, 부품을 바꿔야 한다면서
어제 또 다른 아저씨가 와서 고치고 갔다.
밤중에 집으로 돌아와 아무 생각 없이 잠이 들었는데 너무 추워서 깨버렸다.
어제 낮까진 그나마 온기가 있었는데 이젠 바닥도 차고 공기도 차고.
옷을 껴입고 이불을 두 개 덮고 다시 잠을 청하는데,
오래된 것들은 다 고장이 나는 거야. 물건도 사람도, 라던 누군가의 말이 떠올랐다.
오래된 것들은 쉽게 고쳐지지도 않는다.
이 문제를 해결하면 다른 문제가 생기는 식이다.
물건이야 부품을 바꾸거나 교체하면 되지만
사람은 어떻게 하나. 마음은 어떻게 하나.

조금 두터워지고 조금 무뎌지기로 한다.
모든 말들을 일일이 다 마음에 담아두었다가는 수리가 불가능한 고장이 날 테니까.
너무 애쓰지 않기로 한다.
스물네 시간 마음을 가동시키다 보면 언젠가 바닥이 날 테니까.

아픈 기억들은 옷장 속에 숨겨놓을 게 아니라
세상에 내놓고 비바람 맞게 하는 것이 좋을 거야
그토록 선명한 것들도 언젠가는 지워질 테니까

070

10 JANUARY

뜨거워? 차가워?

그때 당신이 뜨겁다고 느꼈던 건
이제 생각해보니 내가 차가웠던 거였어.

그때 당신이 차갑다고 느꼈던 건
그러고 보니 내가 뜨거웠던 거였어.

스쳐가는 손끝의 온도가
스쳐가는 마음의 온도가
같을 수는 없으니까.
우린 각자 자신만의 온도를 지니고 있는 거니까.

처음부터 나보다 뜨거운 사람이었던 당신은
내가 차다고 서운해하고
처음부터 나보다 차가운 사람이었던 당신은
내가 뜨겁다고 두려워하지.

사람이 사람을 만나 낯을 가리는 동안
우리는 상대의 온도를 가늠해보는 걸 거야.
나보다 뜨거운가, 나보다 차가운가.
그렇다면 나는 어느 쪽으로 움직여야 하는가.

차가운 줄 알았는데 뜨겁구나,
뜨거운 줄 알았는데 차갑구나,
그런 말을 들을 때마다
나는 도무지 뜨거운가 차가운가 혼란스러웠는데
이제 알겠어.
그건 나의 문제가 아니었던 거야.

뜨거운 사람과 차가운 사람이 만나
열기를 나누어주기도 하고 빼앗기기도 하면서
서로 비슷한 온도로 맞춰지는 건
편안하긴 하지만 어쩐지 좀 시시해 보이지.
난 왜 뜨거운가 차가운가 고민할 필요는 없지만
굳이 손을 잡지 않아도 상관없어지니까.

그러나 내가 차가울 때 뜨거운 당신을 만나면
숨이 막혀.
내가 뜨거울 때 차가운 당신을 만나면
뼈가 얼어붙는 거 같아.

사람이 사람을 만난다는 것.
참 대단한 일.
참 무서운 일.

나는 당신에게
뜨거워, 차가워?

이를테면 한잔의 와인과 같은 온도는 어떨까
당신보다 차가웠다가 당신이 손바닥의 온기로 가만히 감싸면 조금씩 따뜻해져서
당신의 마음에 들어가 조용한 열기로 번져가는 그런 온도

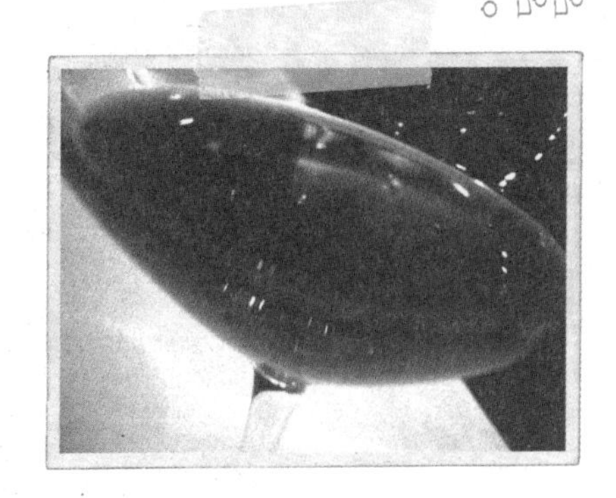

071

14 JANUARY

하면 안 되는 것

하지만 단 하나, 지울 수 없는 곳에
이름을 새겨 넣지는 마
우리의 사랑보다 더 귀하고 오래 버틸 무엇에
영원히 남을 상처를 새겨 넣지는 마

절대로 결혼은 안 할 거라고?
장담하지 마. 이 세상에 장담할 수 있는 건 아무것도 없어.
단 하나 있다면 언젠가 우리가 죽는다는 것뿐이야.
영원히 변하지 않을 거라고?
맹세하지 마. 맹세만큼 어리고 무의미한 건 없어.
맹세하려면 지금 이 순간은 진실이라고 맹세해. 모든 건 이 순간의 감정일 뿐이야.
세상에 하면 안 되는 것이 있다고?
그런 게 어디 있어? 뭐든 해버려!

오래전에 밴드를 할 때, 나를 부러워하는 사람들이 참 많았다. 일주일에 한 번씩 합주? 한 달에 한 번 공연? 정말 좋겠다, 인생이 즐겁겠어. 아니 뭐 거창하게 공연이랄 것까진 없고 우리끼리 모여서 노는 거지만 그래도 꽤 열심히 했지. 하고 싶다, 밴드. 나도. 그렇게 말하는 사람들도 많았다. 하면 되지, 왜? 내가 물어보면, 응, 글쎄, 같이 할 사람도 없고, 시간도 없고, 악기도 못 다루고. 늘 그런 식.
내가 춤을 배우러 다닌다고 말하면, 눈을 빛내며 정말 재미있느냐고 묻는 사람들이 많다. 정말 재밌어, 몸을 움직이는 거. 그런데 그게 아름다워 보이는 거. 나도 배우고 싶다, 춤.
역시나 그렇게 반응한다, 많은 사람들이. 배워. 한번 보러 와. 그냥 오면 돼. 그렇게 말하면, 글쎄, 쑥스럽기도 하고, 어렵지 않나? 시간도 없고. 늘 그런 식.
인생이 외롭고 심심하고 지루할 시간은 있는데, 누군가를 원망하고 뭔가를 걱정할 시간은 있는데, 연주하고 춤출 시간은 없다고? 그걸로 먹고살 것도 아니고 프로도 아닌데 좀 못하면 어때? 처음부터 잘하는 사람이 어디 있어? 처음부터 잘하면 배우는 재미도 없지.
그런 말 대신 난 그냥 고개를 끄덕이고 만다. 뭐, 나중에 마음 바뀌면 한번 해봐. 근데 정말 재미있거든.

072
15 JANUARY

몰라 몰라, 카스테라라니

– 바로 그 순간 나는 이 세계가 너무 그렇고 그렇다는 생각이 들었다.
이유는 여전히 알 수 없었다.
바로 전날까지, 아무런 의심 없이 수영을 하고 거북을 키우던 세계였다.
너무, 그렇고 그래요. 안 그래요?
그리고 꿈틀, 세계를 떠받친 세 마리의 코끼리, 를 떠받친
거북 같은 것이 온종일 꿈틀대는 기분이었다.
– 박민규, 「몰라 몰라, 개복치라니」 중에서

끄덕끄덕, 머리를 흔들며 걷던 기린이 코너 근처의 벤치 앞에서 걸음을 멈춰 섰다.
그리고, 앉았다.
그것은 그리고, 앉았다 라고 해야 할 만큼이나 분리되고, 모션이 큰 동작이었다.
– 박민규, 「그렇습니까? 기린입니다」 중에서

그렇고 그런 세상에서 결코 그렇지 않은 이야기를 하는 사람을 만나는 일은 지하철 지붕 부근을 어슬렁거리는 기린을 만나는 일처럼 놀랍다. 누가 좋아하는 작가를 물어보면 나는 늘 셰익스피어, 릴케, 네루다, 디킨슨 같은 이들의 이름을 댔다. 모두 오래 전에 세상을 살다가 떠난 사람들이다. 현존하는 작가들의 책 중에서도 정말로 좋아하는 책은 있지만 그 작가를 통째로 좋아한다고 말하기는 힘들다. 이 책이 좋아서 다른 걸 읽어보면 '그렇고 그런' 일이 종종 발생한다. 며칠 전, 너무나 갑자기, 까맣게 잊고 있었던 한 작가가 기억났다. 기억을 호출할 아무런 근거도 없었는데 지붕 부근에 불쑥 떠오른 기린처럼, 그렇게. 이 작가의 책은 모두 재미있었다는 걸 기억해냈고 (아쉽게도 몇 권 안 되지만) 그중 한 권을 아직 읽지 않았다는 것도 기억해냈다.
그리고 『카스테라』.

카스테라
고마워, 과연 너구리야
그렇습니까? 기린입니다
몰라 몰라, 개복치라니
아, 하세요 펠리컨
야쿠르트 아줌마
코리언 스텐더즈
대왕오징어의 기습
헤드락
갑을고시원 체류기

박민규 식의 표현을 빌자면, '이렇게 생긴 물고기와 문득 눈이 마주쳤는데, 그에게서 한 번도 들어본 적 없는, 우스꽝스러우면서도 조금 애틋한 질문을 받은 기분'이다.

이토록 유쾌한 제목을 가진 단편들은 시작도 안 했는데 갑자기 끝나기도 하고, 시작은 산뜻했으나 어영부영 마무리가 안 되기도 하고, 뭐가 뭔지 모르겠는데 작가 혼자 진도를 나가기도 한다. 그러나 이 사람의 글에는 불필요한 문장이 단 하나도 없다. 따라오라는 강요도 없고 부담스러운 교훈도 주장도 없다. (이건 내가 다카하시 겐이치로를 좋아하는 이유이기도 하다.) 그러면서도 존중하고 싶은 힘이 있다. 그의 이야기는 하나의 유기체처럼 살아 있고 사람과 세계 속에 맺어져 있다. 어쩌면 이것은 진정한 남자의 세계, 라는 느낌이다.
적당한 속도감, 간지럽지도 질척이지도 않는 표현, 결코 그렇고 그렇지 않은 그의 자아, 그의 세계. '따뜻하고 부드러운', '거짓 없는 직육면체의', '하나의 세계와 같은' 카스테라를 베어 먹듯 아끼고 아껴가며 천천히 그의 이야기를 읽는다.
몰라 몰라, 카스테라라니.

어쨌거나 그런 이유로 다음 세기에는
이 세계를 찾아온 모든 인간들을 따뜻하게 대해줘야지, 라고
나는 생각했다. 추웠을 테니까. 많이 추웠을 테니까 말이다.
–「카스테라」 중에서

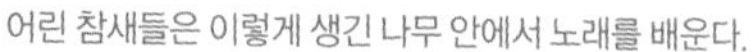
어린 참새들은 이렇게 생긴 나무 안에서 노래를 배운다.

073

17 JANUARY

참새가 길을 떠날 때

세상에 태어나 처음으로 둥지를 떠나는 어린 참새 한 마리가 이미 많은 곳을 다녀온 조금 큰 참새 한 마리에게 물었다. "길을 떠날 때는 뭘 가져가야 해요?" 조금 큰 참새가 어린 참새에게 대답했다. "노래를 가져가."

한 시간 정도 거리라면 한 시간쯤 부를 수 있는 노래, 세 시간쯤 걸리는 길이라면 세 시간쯤 부를 수 있는 조금 더 많은 노래, 그것이 참새가 길을 떠날 때의 준비물.
그 이야기를 (지금은 기억도 나지 않는) 오래전에 (역시 기억나지 않는) 어느 책에서 읽은 다음부터 나도 집을 나설 때 노래부터 챙기는 습관이 들었다. 생각해보면 그 전부터 이미 그런 습관을 갖고 있었던 것 같지만.
오늘은 동요, 오늘은 가곡, 오늘은 카펜터스, 오늘은 김민기… 내 속에 있는 플레이어를 누르면 내 입을 통해 재생되는 노래들로 인해 나의 길은 항상 즐거웠다.
노래를 많이 가지고 있어서 다행이다. 하나의 노래가 다른 노래를 불러오고, 다른 노래가 또 다른 노래를 불러온다.
조금 먼 길을 떠날 때는, 그래서 몇 날 며칠 낯선 곳에서 잠을 자야 할 때는, 조금 더 긴 노래를 가지고 가자. 이를테면 당신이 내게 준 노래들. 이야기들. 추억들. 아직 시작되지 않은 새로운 노래들과 함께.

074

21 JANUARY

브람스의 편지

저는 제 곡들을 발표하고 싶습니다.
그래서 당신이 제 곡들을 미리 연주해보시고 거기에 대해
조언을 들려주신다면 정말 감사하겠습니다.
그리고 가능하다면 각각의 곡들에 대한 짧은 논평도 해주시면 좋겠습니다.

1877년 4월 24일 브람스가 클라라에게

스승 슈만의 아내, 클라라에게 브람스는 이렇게 썼다.
이 정도가 클라라에게 쓸 수 있는
그리고 요구할 수 있는 것이었기에.

하지만 당신의 눈에도 보이겠지?
글자 하나하나에 문신처럼 박혀 있는 그의 애틋하고 뜨거운 열정이.

책에서 이 글을 발견하고는 문득 마음이 싸해져서
어딘가에 걸려 넘어진 기분.

클라라는 브람스의 곡들에 대해 '무한하게 아름다운 존재들'이라 했으니
그의 사랑은 충분하지는 않아도 보답을 받았던 거였다.

075

23 JANUARY

조각파이

우리는 저마다 다른 재료에서 태어났어요.
우리는 저마다 다른 방법으로 만들어졌어요.
우리는 저마다 다른 사람을 만나
웃다가 울다가 속상하다가 기쁘다가

사랑하기도 하고 미워하기도 해요.

그래요.
당신에게도 나에게도 조각난 마음이 있어서
둥글지 않은 모서리를
서로에게 보이기도 해요.
그래도

이렇게 마음을 조금만 틀면
예쁜 그림을 그릴 수도 있어요.
상자 속에 담겨 행복한 조각파이들처럼
색색의 맛과 색깔을 서로 뽐낼 수도 있어요.

따로 또 같이
아름다울 수도 있어요.

076

25 JANUARY

somedays

Somedays I look, I look at you with eyes that shine

Somedays I don't, I don't believe that you are mine

- Paul McCartney, 〈Somedays〉

언젠가 나는 당신의 영혼을
보게 될 거야.

바람이 너무 세차지 않은 날
햇살이 너무 눈부시지 않은 날
너무 춥지도 않고 너무 덥지도 않은 날
모든 기류가 가장 낮은 속도로 흐르는 날

나의 눈이 투명해져서
나의 마음이 가벼워져서
깃털 하나의 무게로 당신의 이름을 부를 수 있을

그런 날에
그런 시간에

아주 잠깐이라도
단 한순간이라도
모든 것을 걷어낸 투명하고 아름다운 그 영혼을
볼 수 있을 거야.

무엇이 진짜인지 진실인지 알려줄 사람은
우리에게 필요 없어.
우리 모두의 마음속엔 사랑이 있으니까.
우리가 뭘 느끼고 있는지, 우리는 이미 알고 있으니까.

077
03 FEBRUARY

그러니까 대체로

그러니까 대체로
문제를 해결하는 건 시간이다.
다시 말해
시간은 대체로 여러 가지 문제를 해결한다.

시간이 흐르면 대체로
기다리던 순간이 오고
기다리던 사람이 오고
기다리던 무엇이 온다.

시간이 흐르면 대체로
상처는 흐려지고
마음은 아물고
아픈 기억은 지워진다.

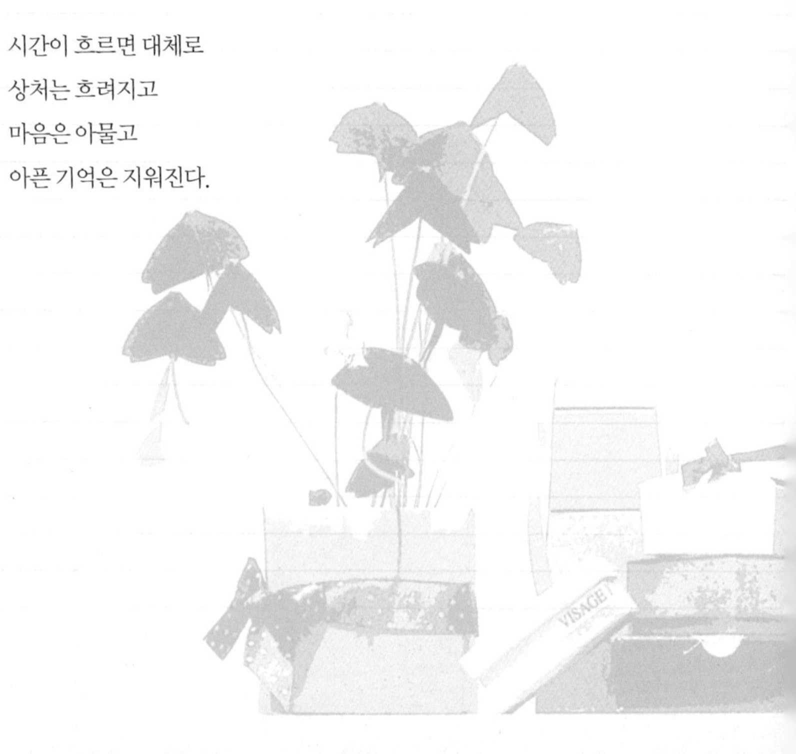

시간이 흐르면 대체로
용서할 수 없었던 무엇을 용서하게도 되고

시간이 흐르면 대체로
참을 수 없었던 무엇을 참게도 되고

시간이 흐르면 대체로
가질 수 없는 것들을 포기하게도 되고

무엇보다
대체로
사랑을 다시 믿을 수도 있게 된다.

그러니까
지금도 어디선가 나를 위한 좋은 일 하나가
예쁜 상자 안에 담겨
배송일을 기다리고 있을지도 모른다.

당신을 위한 작은 선물은 이미 오래전에 만들어져
어느 가게 쇼윈도에 가만히 놓여 있을지도 모른다.
내가 발견하기를.
내가 당신을 떠올리고 걸음을 멈추기를.

시간은 종종 나쁜 것들도 가져오지만
그러나 대체로
좋은 것들을 꽁꽁 숨겨둔 채
우리의 마음이 열리기만을 기다리고 있는 건지도 모른다.

078

06 FEBRUARY

탁탁탁

하하하, 사랑이 두려워 당신들은 웃지

– 뮤지컬 〈로미오와 줄리엣〉 중에서

순간

물이 가득 든 항아리를 들고 가다가 돌부리에 걸린 것처럼

철렁,

하는 바람에

웃는 것도 우는 것도 아닌 표정으로 외면하고는

꿈도 꾸지 마

내 마음에 윽박을 지르지

사랑에 관한 한 해피엔딩은 없다는 걸 알면서

해피엔딩이 아닌 사랑을 용서할 수가 없어서

밑줄을 그어놓고

잊어버리려 하지

잊어버리지

다음 날이면 말갛게 씻긴 순간들

이제는 기억하려고 해도

기억할 수가 없지

그러나 저 하늘 위 어디선가 누군가
나에게 그렇게 말하고 싶어 할지도 모르지

이봐, 너는 놓쳐버린 거야,
라고

그 소리를 지우려고
탁탁탁,
사랑이 두려워 나는 웃지,
낡은 타자기를 두드려 하나의 문장을 쓰고
모든 충실한 순간들
손가락 끝으로 무사히 빠져나간 거라고 믿지

쓰는 것은 모든 것의 끝이라는
릴케의 말을 떠올리며
나를 위로하지

걱정 말아요
아무리 어두운 곳에서라도
나는 찾아낼 수 있으니까
바다의 일부, 바다의 일부
자연의 일부인 당신을
빛의 일부인 나는

079
07 FEBRUARY

심해어의 선물

생각해보면, 심해어와 단둘이 만난 것은 처음.

– 이제 그럴 때도 되었지요.

– 그렇지요.

– 선물이 있답니다.

심해어가 내민 것은 그로테스크한 사진을 재킷으로 한 앨범 한 장. 에이즈로 요절한 사진작가 Peter Hujar의 〈Candy Darling on her deathbed〉라는 것이 사진의 제목.

– 무시무시하고 아름답군요.

– 그렇답니다.

앨범의 제목은《I am a bird now》. Anthony & The Johnsons라는 낯선 이름.

– 누굽니까.

– 거구지요. 재즈 피아노를 치면서 잉잉잉 하는 목소리로 노래를 하고.
　게이랍니다. 나이도 꽤나 든…

– 왜 나를 고문하려는 거죠.

– 그렇게 되었네요.

심해어와 헤어지고 집으로 돌아와 밤늦은 시간의 문자를 받는다.

– 반드시 불을 끄고 크게 들어야 합니다.

심해어의 선물을 뜯어 CD 플레이어에 집어넣고 볼륨을 키운다. 아. 심해어들은 이런 노래를 듣는군. 과연. 나 열대어는 어둠 속에서 반짝이는 심해어의 눈동자를 바라보며 이런 질문을 떠올린다.

– 그 깊은 바닥도 이렇게 무시무시하고 아름답나요.

080
10 FEBRUARY

바람의 방향이 바뀌었다

만약 당신이 정말로 만나고 싶은 사람과
당신을 정말로 만나고 싶어 하는 사람이 있다면.
그런데 둘 중 한 사람만 만날 수 있다면. 당신은 누구를 만날 건가요?
만약 당신이 정말로 만나고 싶은 사람이
당신이 아닌 다른 사람을 만나고 싶어 한다면. 당신은 괜찮을 수 있나요?
만약 당신을 정말로 만나고 싶어 하는 사람을
당신은 만나고 싶지 않다면. 당신은 괜찮을 수 있나요?
내가 정말로 만나고 싶은 사람이 내가 아닌 다른 사람을 만나 행복할 수 있다면.
응, 그걸로 좋아. 그럴 수만 있다면.
문득 그런 생각을 하다가. 밑도 끝도 없이 그런 생각을 하다가.
하늘을 올려다보니,
바람의 방향이 바뀌었다, 오늘.

이렇게 복잡한 세상 속에서 서로를 찾아냈는데 다른 곳을 보기도 하고,
이렇게 어지러운 마음에서 한 가닥을 끄집어냈는데 다른 꿈을 꾸기도 한다.

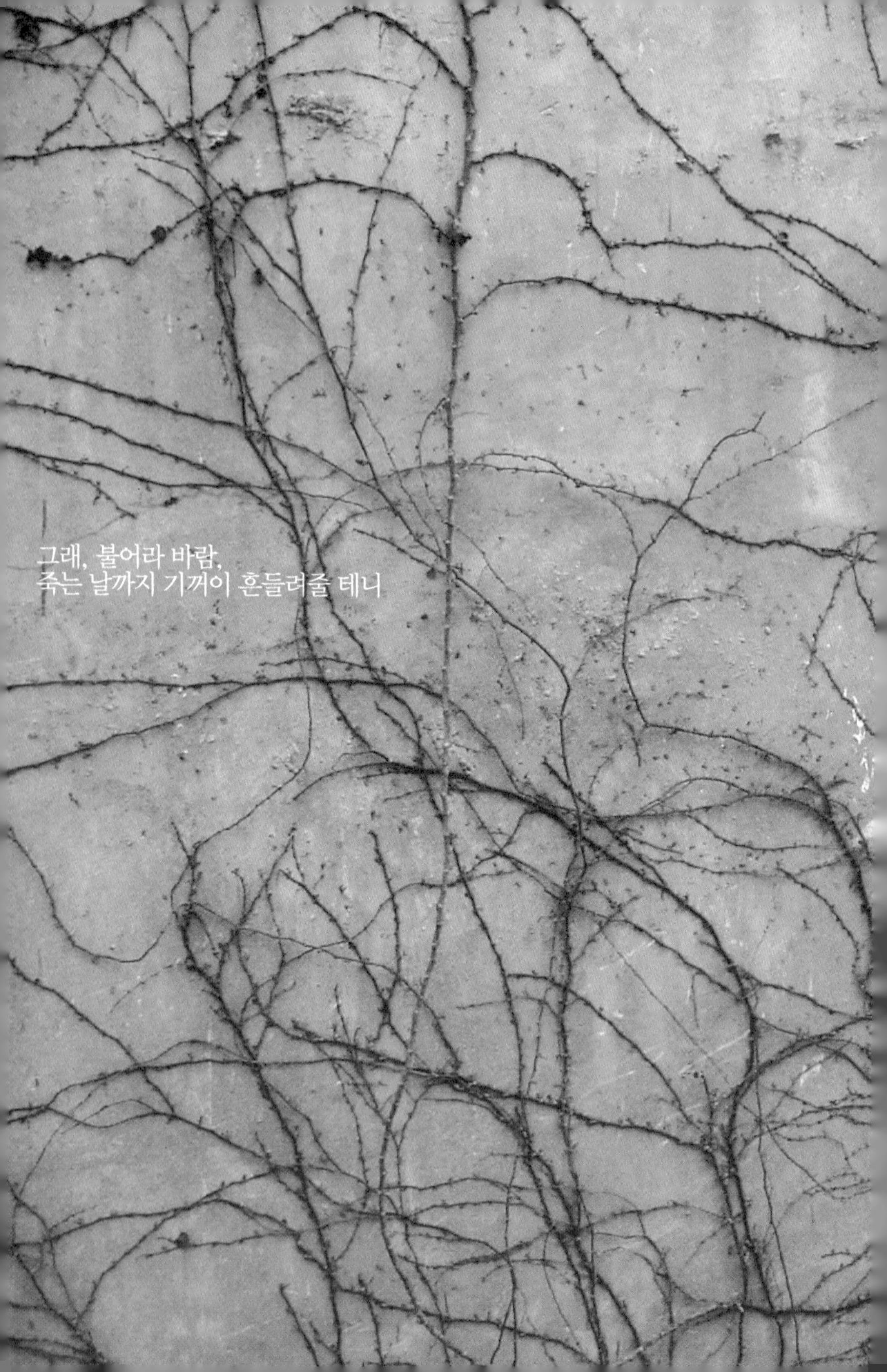
그래, 불어라 바람,
죽는 날까지 기꺼이 흔들려줄 테니

081

11 FEBRUARY

이별의 형식

온 마음을 다해 사랑했으니, 이제 온 힘을 다해 이별하자.
마음을 다해 슬퍼하고, 마음을 다해 후회하고, 마음을 다해 지나간 날들을 추억하자.
모래알처럼 손가락 사이로 빠져나간 시간들이라 해도,
무엇 하나 자랑스럽게 내보일 흔적이 없다 해도. 물처럼 흘러간 우리의 꿈들을 위해,
잡았다가 놓쳐버린 것들을 위해, 마음껏 애도하자.
그리하여 지금은 위로를 구할 때가 아니라 슬픈 내가 슬픈 당신을 위로할 때.
지금은 주저앉아 있을 때가 아니라 마지막 힘을 끌어 모아 이별의 인사를 할 때.
우리가 오른 곳이 정상이 아니라 먼 산의 가장 낮은 한 자락이라 해도,
가는 길에 쏟아지던 별들을 만났으니 족하지 않은가.
가쁜 호흡 내뱉으며 힘든 발걸음 옮길 때 당신이 곁에 있어주었으니 족하지 않은가.
그리하여 지금은 가장 아름다운 이별을 위해 온 마음과 온 힘을 다할 때.

082

12 FEBRUARY

괜찮을 리가 없잖아

괜찮으냐고 묻지 마. 그럴 리가 없잖아. 하지만 당신이 그렇게 물어보면 나는 괜찮다고밖에 대답할 수가 없잖아. 괜찮지 못하다는 말은 배운 적이 없으니. 힘내라고 하지 마. 이미 힘을 내고 있잖아. 그러고 있는데 또 그러라고 하면 나는 어떻게 해야 할지 몰라서 울어버리고 싶은걸. 모든 게 잘될 거라고 말하지 마. 잘되지 않았으니 이렇게 된 거잖아. 잘되지 않았고 잘되지 않을 수도 있지만 당신은 내 곁을 지켜주겠다고만 말해줘. 울고 싶으면 울라고 해줘. 슬퍼하고 속상해하고 아파하라고 해줘. 내가 위로를 구할 때 아무것도 묻지 말고 그냥 함께 있어줘. 그것으로 나는 감사해. 그 힘으로 나는 걸을 거야. 어쩌면 무엇인가 다시 시작할 수도 있을 거야.

그때, 하늘을 올려다보며 내가 물었다
저건 천국으로 가는 계단일까?
너는 대답했다
그래, 아마, 어쩌면
우리는 저 계단을 오를 수 있을까? 내가 다시 물었다
너는 대답했다
그래, 아마, 어쩌면

필요한 것은 꼭 그 정도의 희망

083

15 FEBRUARY my Valentine

그러니까 그건 그저께였다. 비탈리의 샤콘느를 들으며 가을비 같은 찬비가 내리는 가로수길을 걷다가 문득 어느 가게 앞에 걸음 멈추고 초콜릿 몇 개를 샀지. 응, 내일은 토요일이니까 오늘, 하고는 몇 사람에게 초콜릿을 선물했지. 저녁에는 엉망진창이 된 몸과 마음 때문에 모처럼의 자리를 뒤로하고 집으로 돌아와 긴 잠을 잤지.
그러니까 그건 어제였다. 아무것도 하기 싫은 나를 일으켜서 아무 생각 없이 춤을 추러 가는데 차가 너무 막혀 아, 오늘이 Valentine, 그러고는 또 잊었지. 어제는 춤추는 게 그저 그랬어.
십수 년 전 그 시절에 단 하나 의지할 수 있었던, 그러나 지난 십여 년 동안 열 번도 만나지 못하고 일 년 반 전에 서울을 훌쩍 떠나 먼 곳에서 살고 있는 친구를 보러, 친구 아버지의 장례식장을 갔지.
– 왜 왔어, 여기까지.
나를 보자마자 눈물이 글썽, 하는 친구를 따라 나도 울컥, 해져서 눈물이 날 뻔했지.
– 너 슬픈데 내가 어떻게 안 와.
친구 아버지께 이별 인사를 드리고 친구와 마주 앉아, 국에 밥을 말아 일회용 플라스틱 스푼으로 떠넘기면서, 어떻게 지냈어, 어떻게 지냈어, 서로 묻기에 바빴지.
– 위독하시다 해서 급하게 왔는데 나 도착하기 세 시간 전쯤에 눈을 감으셨어.
우리 이제 고아가 될 준비를 해야 하는 나이가 되었다고 서로 위로했지. 힘내라는 말은 하지 않았지. 많이 힘내고 있다는 거 잘 아니까.
엘리베이터 앞에서 친구가 말했지.
– 이렇게 누가 오면 이야기도 하고 웃기도 하고 그러다가 혼자 있으면 또 눈물이 나고 그래.
– 많이 울어. 그래야 보내드릴 수 있잖아.
– 나는 다시 돌아가야 하는데, 이렇게 멀리 있는데, 갚아주지도 못하는데 폐를 끼쳤어, 항상 폐만 끼쳤어.
– 서로 폐 끼치고 받고 그러고 사는 거야, 그러고 살 수 있어서 고맙잖아.
나도 친구와 같이 엉엉 울고 싶었지.

떨어지지 않는 발걸음으로 돌아 나오는데 마음이 헛헛해져서 문득 일산에 사는 친구를 생각했지. Valentine 같은 것과 전혀 상관없이 집에 처박혀 있을 거야, 하고 전화를 하니 회사에서 밥 먹고 야근하는 중이라며 미안해했지. 미안하긴, 당연히 마감 중일 텐데 그것도 생각 못하고 전화한 내가 미안하지.

강북강변로는 무지하게 막혔고 일산에서 서울로 돌아오는 길에 L선배의 전화가 왔지. 역시 마감 중인 그의 하소연을 들으며 그래도 심심하지 않게 돌아왔지.

집에 거의 다 왔을 때 W와 통화를 했지.

– 어디야, 만나서 뭐 좀 먹을까.

– 그냥 집에 가서 쉬고 싶은 생각뿐이야.

자기 일도 복잡한데 내 기분 생각해서 만나자 하는 친구 마음이 전해져서 그냥 그렇게 말하고 돌아왔지.

사랑을 충분히 전하지도 못하고 그렇게 하루가 지나갔지. 만나고 싶은 사람이 누군지도 모르는 채 그렇게 무심하게 지나갔지. 무엇을 기다리고 있었는지는 알 수 없었는데 기다리던 무엇이 오지 않았다는 건 분명하게 알 수 있었어.

그러나 당신은 정말 행복했기를 바라지. 무척 좋은 날이었기를 바라지. 내가 가지지 못했던 모든 것이 당신에게 고스란히 전해졌기를 진심으로 나는 바라지.

롤러코스터는 하강하기 전에 아주 느린 속도로 올라간다
누군가를 일곱 시에 만나기로 하면,
여섯 시부터 시간은 아주 느리게 흘러간다
공포영화에서는 괴물이 등장하기 직전에 정성껏 뜸을 들인다

그런 시간이 가장 견디기 힘들다

그러나
생각해보라
아직 아무 일도 일어나지 않았다

084

22 FEBRUARY

생각이 나서

생각이 나서.

난 이 말을 참 좋아해요.

왜 전화했어? 용건이 뭐야? 왜 주는 건데?
이렇게 물어보는데

– 생각이 나서 전화했어.
– 오늘은 세 번 생각이 나서 문자 보내요.
– 네 생각이 나서 샀어.
이런 대답이 돌아오면

따뜻하고 부드러워져요,
갑자기, 온 세상이.

수가 몰래 놓고 간 딸기맛 비타민C,
여리가 주고 간 헤어 에센스와 색색 가지 초들,
양이 갑자기 싸 들고 온 밑반찬들,
티가 보내준 앨범과 사진,
누군가가 슬쩍 밀어놓고 간 마음 한 조각,

그렇게 작고 예쁜 것들을 생각하면
나날이 크리스마스 같아요.

언젠가 나는 당신 생각이 나서

빵을 구웠죠.

밀가루를 반죽하고 시간을 들여 발효시키고 옥수수가루를 듬뿍 뿌려서.

당신은 결국 그 빵을 먹지 못했지만

내 작은 방은 지금도 그날의 빵 굽는 냄새를 기억해요.

희망과 꿈이 버무려진, 천국의 향기를.

085
24 FEBRUARY 주인을 찾습니다

누군가가 '역삼동 일대 헤매고 다니는' 개 한 마리를 발견했나 봐요. 그 사람은 인터넷을 뒤져 그 개가 '보르조이' 종이라는 것을 알아냈나 봐요. 보르조이를 볼조이라고 부르기도 해서 친절하게 괄호를 열고 닫았나 봐요. 성별과 나이까지 나와 있으니 어쩌면 개를 잘 아는 사람인지도 모르겠어요. 그 사람은 주인 잃은 개의 사진을 찍어주었나 봐요. 몇 장이나 찍었을까. 그중에서 가장 '주인 잃은 개'다운 사진을 고르고, 간결하고 정확하게 전단지를 만들었나 봐요. 그걸 프린트하고, 스카치테이프도 챙기고, 동네를 돌아다니면서 하나하나 이렇게 붙였나 봐요. 주인이 볼 수 있을 만한 곳을 고르느라 고심하면서. 몇 장이나 붙였을까. 얼마나 걸렸을까. 주인은 이 전단지를 보았을까. 개는 주인을 찾았을까. '개를 찾습니다'가 아닌 '주인을 찾습니다' 앞에서 한참을 서 있었어요. 버스를 기다리는 사람들 모두 그 앞에서 한참을 머물고 있었어요. 누군지도 모르는 그 사람에게

– 고마워요

라고 메시지라도 보내고 싶은 기분이었어요.

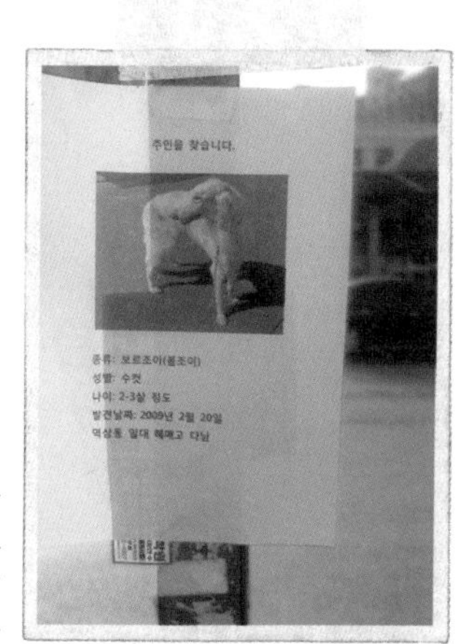

나도 언젠가
나를 잃어버린 적이 있지요
그것을 찾아 돌려준 사람들을
잊을 수가 없지요

일상은 무수히 반복되고
살아 있는 한
나는 끝없이 그것을 변주해야 한다
조금이라도
아름다운 소리를 내도록

086

28 FEBRUARY

무수한 반복

바로크 음악의 특징 중에 '지속저음'이라는 것이 있다고 한다. 말 그대로, 저음이 지속적으로 반복되는 것이다. 캐논이나 샤콘느, 파사칼리아 등에서 사용되는 이 지속저음은 하나의 악기가 같은 패턴을 곡의 처음부터 끝까지 반복하는 것이다. 다른 악기들은 이것을 베이스로 하여 끝없는 변주를 해나간다. 보통 하프시코드와 콘트라베이스가 이 지속저음을 담당하는데, 이것은 밴드에서 베이스가 맡는 역할과 흡사하다.

비버의 미스터리 소나타 파사칼리아 G단조에서는 G, F, E, D♭음이 처음부터 끝까지 65번 반복된다. 그런데 이 곡은 바이올린 솔로를 위해 만들어진 곡이어서 바이올린 혼자 지속저음과 변주를 처음부터 끝까지 연주해야 한다. 반복되는 음을 베이스에 깔아놓고 이 곡을 들으면, 무수한 반복 속에서 얼마나 많은 음의 변주들이 파생되는지 알 수 있다. '베이스에 깔아놓는다'는 건, 이를테면 허밍으로 그 멜로디를 무의식적으로 반복하면서, 귀로는 그 위에서 움직이는 변주를 주의 깊게 듣는다는 것이다. 이런 방식으로 곡을 들으면 몇 초 간격으로 전율이 일어난다.

이토록 무수한 반복. 이처럼 무수한 반복. 이렇게 무수한 반복, 같은 생활이고 삶이다. 태어나서 죽을 때까지, 우리도 저 네 개의 음을 무수히 반복하고 있는 것이다.

일어난다. 먹는다. 일한다. 잔다.

소유한다. 사용한다. 낡는다(또는 가치가 사라진다). 버린다.

떠난다. 머무른다. 이별한다. 돌아온다.

만난다. 사랑한다. 헤어진다. 잊는다.

좋아한다. 미워한다. 후회한다. 아무 상관없어진다.

삶의 수많은 노래들. 각 노래마다 반복되는 지속저음들. 그 위에 우리는 새로운 변주를 시작한다. 저음이 지속되는 한, 변주도 지속된다. 어떤 것은 아름답고 어떤 것은 추하다. 하나의 변주가 아름답다가 추해지기도 하고 즐겁다가 슬퍼지기도 하지만 대체로는, 쓸쓸하다.

그리하여 설렌다. 기쁘다. 외롭다. 쓸쓸하다로 하나의 노래는 끝나는 듯하지만, 정신을 차려보면… 저 모퉁이를 돌면 새로운 무엇인가가, 누군가가 기다리고 있을 것 같다는 설렘을 다시 한 번 품게 되지만, 실제로 기다리고 있을 수도 있지만, 그러나 그리하여 결국은… 마지막은 마이너로 끝나는 것이다. 인간이란 죽음을 피할 수 없는 존재니까. 나도 그리고 당신도.

087

02 MARCH

그 말은

– 나는 슈베르트의 아르페지오 소나타를 참 좋아해요.
그 말은, 그 곡을 만든 슈베르트와 그 곡을 연주한 푸르니에를, 그리고 또 피아노와 첼로라는 악기를 무척 좋아한다는 의미예요.

– '오, 누가 이런 짓을 했나요?' 에밀리아가 물었을 때 '누구도 아니고 내가 했어, 안녕. 친절한 주인님께 안부나 전해줘, 오, 안녕!'이라고 데스데모나는 말했지요. 그것이 그녀의 마지막 말이에요.
라고 내가 말했다면, 그 말은, 나는 그녀를 창조한 셰익스피어의 영혼을 어쩌면 사랑한다는 의미예요.

– 워터하우스가 그린 물의 님프들은 정말로 님프처럼 보여요. 모델이 된 그녀는 정말로 님프였을 거예요.
그 말은, 지상에서 님프를 찾아 그것을 화폭에 옮긴 워터하우스를 몹시도 연모한다는 의미예요.

– 재킷이 멋져요. 그 펜은 어디서 샀어요? 가방이 잘 어울리네요. 좋은 안목을 가지셨어요. 오늘 뭐해요?
그 말은, 당신이 마음에 든다는 의미예요. 마음에 '든다'는 건 당신이 이미 내 마음에 '들어와 있다'는, 그런 의미예요.

– 있잖아요, 프랑스 남부지방, 그러니까 프로방스의 가장 끝에 있는 마을, 망통에서는 지금 레몬 축제가 열리고 있대요.
그 말은, 당신과 함께 그곳에 가고 싶다는 의미예요. 저기저 레몬색깔의 예쁜 집들이 있는 곳에서 지중해의 바람을 맞으며 하루 종일 당신만 바라보고 싶다는 의미예요.

No. 1081946
Validité/Gültigkeit
Zvláštní záznamy
Indications spéciales
Besondere Angaben
*****
1060889234 529004
Rezervovali jsme pro Vás/Nous vous avons réservé/Wir haben für Sie reserviert
ÍSTA/PLÄTZE S PŘÍPLATKEM EC/IC / MIT EC/IC-ZUSCHLA
A-HOLESOVICE --> WIEN SUEDBAHNHOF
13.07.2002
17:58
Compartiment/Abteil
TELGANG
FENSTER
Čísla míst/Numéros des places/Platznummern
OKNO
PRAH
5707
12:0
13.0

LES

088

10 MARCH

50그램

50그램, 달걀 하나의 무게.

50그램, 피아노 건반 하나를 누를 때 필요한 무게.

나는 조금 무거운 편이 좋다
조금 더 힘이 드는 편이 좋다
너무 쉽게 오는 봄을 믿을 수 없는 것처럼
너무 쉽게 사랑을 고백하는 사람을 믿을 수 없는 것처럼

그렇게 생각해도
어렵다
당신도 나도
이렇게

병아리가 알을 깨고 나올 때는
어느 정도의 무게가 필요할까?
개나리가 꽃망울을 터뜨릴 때는
또 어느 정도의 무게가 필요할까?

당신의 무거운 마음을 두드리기 위해서는
그 문을 열기 위해서는
어느 만큼의 무게가 필요한 것일까?
새끼손가락처럼 작고 힘없는 나는
그 무게를 감당할 수 있을까?

089
14 MARCH 완전히 친밀한 관계

"난 아직껏 만나본 적이 없어. 여자한테 자신을 다 내주면서,
여자와 친밀한 애정 관계를 맺을 수 있는 남자를 말이야.
내가 원하는 건 바로 그런 남자였지.
나는 남자들의 자기만족적인 애정이나 관능 따위에는 별로 관심이 없어.
남자의 귀여운 노리갯감이나 쾌락용 고깃감이 되는 것엔 만족할 수가 없다고.
나는 완전하게 친밀한 애정 관계를 원했는데, 그걸 얻지 못했을 뿐이야.
하지만 난 그걸로 충분해."

코니는 이 말을 곰곰이 생각해보았다.
완전하게 친밀한 관계라!
그녀 생각에 그것은 나 자신에 관한 모든 것을 상대방에게 드러내 보이며
또 상대방도 그 자신에 관한 모든 것을 나에게 드러내 보이는 것을 의미하는 듯했다.
그러나 그것은 지겨운 일이었다.
그리고 남자와 여자 사이의 그 모든 지긋지긋한 자의식의 과잉이었다!
일종의 질병이었다!

-D. H. 로렌스, 『채털리 부인의 연인』 중에서

모든 것을 다 드러낸다고 해서
완전히 친밀한 관계가 형성되는 것은 아니라고
아닌 것 같다고
아니었다고
나는 생각했다.

혹은
친밀하긴 하지만 그것대로 불편을 감수해야 하는 관계라고.

아무리 오랜 세월이 지나도
아무리 오랜만에 만나도
아무리 많은 사람들이 그 자리에 있어도
G에 대해서만은 여전히 불편한 무엇이 있었다.

나의 말 한마디, 나의 행동 하나,
그 바닥의 바닥의 바닥까지 들켜버린 것 같은 기분.
더불어
그의 말 한마디, 그의 행동 하나,
그 바닥의 바닥의 바닥까지 알 것 같은 기분.

애정도 아니고 증오도 아니고
무관심도 아니고 집착도 아니고
후회도 아니고 감사도 아니고
여하튼 무어라 부르기 힘든 무엇이 있어서
마음이 몹시 복잡해진다.

나중에는 에잇, 모르겠다, 싶은 심정이 되어
나의 속물근성을 힘껏 드러내기도 하고
역시 에잇, 모르겠다 싶은 심정으로
아무 이야기든 막 해버리기도 한다.

– 그때 말이에요, 그거, 그렇지 않았어요?

이렇게만 말해도
무슨 이야기인지 알아들어버리는 사람을 만난다는 건
즐거운 일이 아니다.
G와 나는 자의식의 과잉이라는 점에서 몹시 닮아 있었고
친밀한 관계를 원했다기보다 너무 어렸던 탓에
그것에서 비롯되는 문제들을 감당할 수가 없었던 것이다.

그럼에도 불구하고 산더미처럼 쌓인 오해들을 풀지 못한 채
헤어져버린 그와 나는
– 한 번 만나야 하지 않을까? 이제라도.
라는 의미가 담긴 눈빛을 주고받았지만
그건 또 무슨 의미가 있을까.
만남과 이별의 과정을 검토하면서 문제를 제기하고 답을 찾는
세미나를 할 것도 아니고.

구름에 가려 보이지 않아도
구름 뒤에 하늘이 있다는 것을 아는 건
언젠가 하늘을 본 적이 있기 때문.

090

18 MARCH

drive me crazy

– 사랑은 자동차처럼 아무 문제가 없다. 문제가 되는 것은 그저 핸들과 승객 그리고 도로 사정뿐이다.

– 핸들을 제가 잡고 있는 게 아니란 것이 문제.

– 언제나 자동차에는 핸들이 하나뿐입니다. 아직 뭘 모르시는군요.

– 선생님은 지금 운전 중이신가요?

– 응. 내 사랑은 지금 양평동 사거리쯤이야.

– 운전 거칠게 하시잖아요. 승객이 있다면 멀미하겠네요. 조심조심 달려주세요. 호호.

– drive me crazy라고 하는 여자들은 어캐야 돼요? 쿡~

– 어차피 달려야 한다면 미치는 게 나을지도. do what U want to!

창 아저씨와 문자놀이를 하다가 문득 생각했다.

– 나는 원래 운전하는 걸 싫어하잖아.

그러니까 누군가를 태우고 어디론가 가고 싶다고 해서, 그 누군가를 옆자리에 태우고 어디론가 가는 일 같은 걸 좀처럼 하지 않는 성격인 거다. 왜? 운전하기 싫으니까.

누군가가 나를 태우고 어딘가로 데려가겠다면 뭐, 굳이 사양하진 않는다. 그 누군가가 마음에 들고 그 어딘가가 괜찮은 곳이라면. 그러나.
문제는 나도 오너드라이버 십 년 차라는 거다. 나도 운전 좀 한다는 거다. 코너를 돌 때의 안정감이라거나 끼어들기를 할 때의 노련함을 갖추고 있는지, 차의 속도라거나 차선이라거나 어떤 길을 선택하는지, 차 안의 온도와 습기, 음악의 종류와 크기는 어떤지, 이런 걸 나도 모르게 체크하게 된다는 거다. 속도가 너무 빠르면 마음이 체하고, 너무 느리면 지루해져서 뛰어내리고 싶어진다는 거다.
사실 목적지 같은 건 크게 상관없다. 내 페이스에 맞춰달라고 종알종알 불평을 늘어놓는 법도 거의 없다. 다만, 운전자에게 내가 별 도움이 안 되고 있다거나, 나에게 운전자가 별 의미가 없다거나, 그런 생각이 들면, 함께 어디론가 간다는 것이 무의미하다는 느낌을 받으면,
– 내려줘요.
라고 말하게 된다.
사실 나 같은 인간이 제일 골치 아프다. 아니 그럼 직접 운전을 하시든가.

091

18 MARCH

늙은 세상

너도 그렇게 생각하니?
이 세상이 너무 늙어버렸다고?

"왜 그처럼 자살이 늘어났을까요?"
"그건 저도 잘 모릅니다. 아마도 세상이 늙어서 그런 게 아닐까요.
사람들이 현실을 똑똑히 이해하게 되면서
그것을 감수하지 못하게 된 거죠."

– G. 모파상, 「안락사용 안락의자」 중에서

그토록 탄력이 넘치던 피부가 쪼그라들고
어디서나 곧고 바르게 서 있던 자세가 무너지고
눈빛에서는 더 이상의 총명함과 다정함을 찾을 수 없으며
세상의 모든 것에 – 심지어 사랑하는 연인에 대해서조차
무감각해져버린

이 세상.

세상의 일부분인 나는 하나의 세포처럼 떨어져 나가서
가끔 죽는다.

성장을 멈춘 사람의 키가 더 이상 자라나지 않듯
내 마음에서 자라나는 것은 더 이상 없다.
성장을 멈춘 사람의 머리카락이 빠져나가듯
내 마음은 많은 것들을 버리려고 한다.
한때 나를 괴롭혔던, 벗어나려고 발버둥치게 만들었던 욕망의 흔적도
이미 죽었다.
기다림조차 나를 애끓게 만들지 못한다.

– 그냥 그런 거지.

이해를 하려 들자면 못할 게 없다.
이해하지 못한다고 달라질 것도 없으니
무엇이든 이해해버리는, 잊어버리는, 돌아서는
시들어버린 마음.

그런 게 아닐까, 모파상이 얘기한
늙은 세상이란 건.

그러니 그대, 나의 마음이 아직 살아 있을 때
내 이름을 부르라.
우리가 살아 있는 시간은 이토록 짧다.

p.s.
뒤늦게 생각난 모파상 이야기 하나. 그의 단편 「안락사용 안락의자」에는 '자발적 죽음 센터'라는 곳이 등장하는데 이 센터의 설립을 허가한 사람은 불랑제 장군이라는 이야기가 글 속에 있다. 불랑제 장군은 실존인물로, 프랑스의 군인이자 정치가였는데 1889년에 쿠데타를 일으켜 성공할 뻔했으나 본인이 망설이는 바람에 실패했다고 한다.
'자발적 죽음 센터'라는 것은 사람들의 자살을 도와주는 곳이다. 모파상이 이 단편을 쓴 것은 1889년이었는데, 그로부터 2년 후, 1891년, 불랑제 장군은 자살을 했다. 뭐랄까, 운명의 장난치고는 심하다는 생각이 든다.
자살이라는 것은 어떤 의미에서 가해자가 불분명한 타살이라 할 수 있을 것이다. 모든 인간의 목표는 행복해지는 것이며 자살을 시도하는 사람 역시 지금보다 행복해질 것을 꿈꾼다는 이야기를 어느 책에서 읽은 적이 있다.
어떤 사람이 되고 싶은가, 라는 질문을 받았다. 나는 지금보다 조금 더 나은 사람이 되고 싶다. 당신이 나로 인해 조금 더 행복해질 수 있도록.

092

19 MARCH 더욱더

"당신의 차가운 피는 아무리 해도 뜨거워지지 않는군요. 당신의 혈관은 얼음물로 가득 차 있지만 내 혈관은 끓고 있어서 그렇게 찬 것을 보면 더욱더 끓게 돼요."

– 에밀리 브론테, 『폭풍의 언덕』 중에서

캐서린은 돈키호테, 햄릿과 함께 한 작가가 창조해낸, 실재보다 더욱 실재한다는 느낌을 주는 캐릭터다. 이를테면 어떤 상황에 처했을 때 그들이 어떤 식으로 이야기하고 행동할지에 대해 우리는 어렵지 않게 상상할 수 있다. (나 자신에 대해서도 잘 모르겠는 것을!) 길에서 마주친다면 당장 알아볼 수 있을 정도로 그들은 살아 있는 인물들이다. 다들 어느 정도 과장되어 있고 어느 한 방향으로 달려 나가서 결국에는 끝장을 보는 성격이지만 그래서 더욱 매력적이다.

내 소설에는 그런 캐릭터가 없다! 우유부단한 건 아니지만(차라리 그게 낫지, 오해와 사건은 대체로 주인공이 망설이는 사이에 일어나니까) 열정이 부족하다고 할까, 어디로 가야 할지 모른다고 할까, 원하는 것에 대한 욕망이나 성취욕이 없다고 할까, 이래도 좋고 저래도 이해하고 뭐 그런 모호한 구석들이 있어서 주인공이 아니라 일종의 방관자처럼 보인다.

저 대담한 불꽃같은 캐서린의 대사 같은 건 꿈도 꾸지 못하는 것이다. 더욱더, 라니! 그러니까 그건 나 때문이다. 나는 차가운 것을 보면 끓게 되기는커녕 같이 식어버린다. 알 게 뭐야, 라고 말은 잘하지만 타인의 온도에 꽤나 민감해서 아, 식었습니까, 그렇다면 나도, 이런 식이다. 아니 뭐 자존심 때문은 아니고 우리 엄마가 어릴 때부터 줄기차게 나에게 얘기하기를, 다른 사람 귀찮게 하지 말라고 그래서.

그러나 당신은 알고 있지
자물쇠가 있다는 건 좋은 징조라는 걸
그 열쇠를 쥐고 있는 누군가를 기다리고 있다는 거니까

적정한 온도가 주어지면 뜨거워질지도 몰라
이런 나라도

25 MARCH 아름다운 얼굴

누군가를 처음 만났을 때 상대가 마음에 들고 안 들고는 3초 만에 정해진다고 하는데, 그렇다면 그 순간의 '느낌'은 어디에서 오는 걸까? 대체로 외모겠지만 내 경우에는 목소리의 비중이 크다. 그렇다고 딱히 '이런이런' 목소리가 좋다, 라는 건 없다. 굳이 예를 들라면 어쩔 수 없이 엘리엇 스미스, 도노반, 이규화 성우 정도를 꼽겠으나 허스키해도 부드러워도 거칠어도 여려도 탁해도 맑아도 나름대로의 매력이 있다. 외모도 목소리도 타고난 것인데 그런 걸로 사람을 판단하다니, 불공평한 거 아닌가, 싶기도 하지만 글쎄, 똑같은 피아노라도 연주자에 따라 소리가 달라지는 것과 흡사하지 않을까?

건반을 누르는 힘의 강약, 음을 선택하고 누르는 방식, 음과 음 사이의 공간, 거리, 여백, 여운, 무엇보다 연주자의 마음이다. 음악을 통해 우리가 듣게 되는 건.

외모도 그렇다. 어떤 눈빛으로 어디를 응시하는지, 다정한 말을 하는 입인지 투덜거리는 입인지, 주름이 생길까 봐 잘 웃지 않는 눈인지 소소한 것에도 기뻐하며 활짝 웃는 눈인지, 기울이는 귀인지 닫힌 귀인지, 이런 것들이 종합적으로 (놀랍게도) 3초 만에 닥쳐오는 것이다.

그러니까 나는 둥근 얼굴에 쌍꺼풀이 없고 작고 처진 눈을 좋아하지만 그와 정반대의 인상을 가진 사람이라고 해서 무조건 싫어하게 되진 않는다. 속된 말로 '얼굴 밝힌다'는 이야기를 좀 듣는 편이지만 그래서 뭐? 라는 심정이다. 나에게 얼굴이란 보는 것이 아니라 느끼는 것이니까. 내 기준으로 봤을 때 아름다운 얼굴을 가진 사람들, 만나고 친해지고 설사 헤어졌어도 나쁜 사람, 없었다.

이기심, 경멸, 자기도취, 시니컬함, 이런 것들은 나이가 들수록 얼굴에 선명하게 새겨진다. 선함, 부드러움, 따뜻함, 다정함, 배려심, 긍정적인 마음, 이런 것들도 마찬가지다. 아름다운 얼굴은 빛이 없는 공간에서도 스스로 빛을 낸다. 그 환함이 나를 밝혀주는데 어떻게 사랑하지 않을 수가 있어?

언젠가 프랑스의 어느 시골마을 카페에서 만난 이 소녀는 지금쯤 어떤 얼굴을 하고 있을까. 여전히 아름다웠으면.

094

26 MARCH

바라보는 것은 소유된다

클라리벨 콘은 수집을 죽이는 일killier이라고 생각했다
– 아름다운 사리들이 다른 모든 것을 목졸라 죽인다고 그녀는 말했다.
그녀는 핵심을 파악했다.

수집은 단순히 소유의 문제가 아니다. 이는 무언가를 바라보는 방식이다.
그 자체가 일종의 갈망인 바라보기.

이런 식으로 바라보는 것은 소유되고, 넓이 나가는 것이다.

– 퍼트리샤 햄플, 『블루 아라베스크』 중에서

그리하여 나는 너를 바라보는 방식으로
너를 소유한다.

너의 시간을
너의 잠깐 동안의 망설임을
곧 닥쳐올, 너의 부분적인 미래를

너의 부드러운 정신을
너의 날카로운 상처를
너의 빛나는 통찰력과 문득 스쳐 지나간 그림자를

너의 위험한 생각을

너의 평화로운 갈망을

너의 부적절한 의식을

그리하여 나는 너와 헤어진 후에도

그 기억을 더듬어 몇 번이고 같은 방식으로

너를 소유하게 된다.

이 세상에 진정한 소유가 있다면

그런 것이 아닐까.

나는 페리에를 따지 않고도
몇 번이나 같은 방식으로 그것을 마신다
어쩌면 이제 저 병 속에 담긴 것은
아무 맛도 나지 않는
물 비슷한 무엇일지도

095

27 MARCH

언제 누구를

오늘 아침, 라디오에 첼리스트 정명화가 나와서 그녀의 스승 피아티고르스키 이야기를 하다가 이런 말을 했다.

– 인생에서 가장 중요한 것은 어떤 사람을 만나느냐 하는 것입니다.

그리고 그녀는 또 덧붙였다.

– 만약 그분을 조금 일찍 만났거나 조금 늦게 만났다면 그때만큼 많은 것을 배울 수 없었을지도 모릅니다.

정명화가 피아티고르스키를 만난 건 그녀가 줄리아드를 졸업한 직후였다. 음악적으로 눈부시게 성장하고 있었던, 더욱 깊고 큰 무엇에 목이 말라 있었던 시기였던 것이다. 피아티고르스키의 입장에서도 그녀와의 만남은 가장 좋은 시기에 이루어졌다. 연주자로서 왕성한 활동을 하는 동시에 제자들을 가르치는 기쁨과 열정이 충만해 있었던 시기였던 것이다.

인생에서 가장 중요한 것은 어떤 사람을 만나느냐 하는 것, 이라는 말에 나는 열렬히 동의한다. 또한 인생에서 중요한 것은 어떤 사람을 만났을 때 그와 나는 어떤 시기에 놓여 있는가, 어떤 길을 가고 있는 중인가, 라는 것이라고 할 수도 있다. (이를테면 내

2€ les 10
8€ les 50

가 지금 운 좋게 정명화 선생을 만난다 해도, 아주 운 좋게 그녀가 나에게 첼로를 가르쳐주고 싶어 해도, 나는 배울 수가 없다, 첼로는 만져본 적도 없으니.)
아무리 훌륭한 사람을 만났어도 나에게 배울 자세가 없고 능력이 없다면 의미가 없다. 친구 사이는 물론이고 스승과 제자의 경우에도, 어느 한쪽이 일방적으로 베풀어주는 관계는 오래도록 지속되기 어려운 법이다. 상대를 통해 자극받고 배우고 다른 것을 느끼고 함께 성장하는 관계. 그것이 가장 이상적인 것이다. 물론 어느 정도까지는 한쪽이 이끌어줄 수 있겠지만 그 기간이 그리 오래 가진 못한다. 인간이라는 건 가치를 좇아가는 동물이기 때문이다. 그 가치는 사람마다 다르겠지만. (돈이냐, 명예냐, 사랑이냐, 하는 식으로)
나는 내 인생에서 중요한 사람들을 이미 만났고 앞으로도 만날 것이다. 나는 그때 그를 만날 준비가 되어 있었던가. 앞으로 누군가를 만났을 때 그와 동행하거나 그를 따라갈 충분한 자격을 갖추고 있는가. 그러니까 문제는 내가 오늘 어떻게 사느냐, 하는 것이다.
좋은 방향으로 가면, 좋은 사람을 만나게 된다.

언젠가 당신을 만날 때 나 봉오리 맺혀 있기를
당신을 만나 활짝 피어날 수 있기를

096
03 APRIL 운명적 고양이

사랑 이전의 세계는 (텅 빔으로) 평화롭다.
이별 이전의 세계는 (애틋함으로) 사랑스럽다.
망각 이전의 세계는 (그리움으로) 아름답다.
그리고 도돌이표.

그러니 우리는 지금도
평화 혹은 사랑스러움 혹은 아름다움의 세계에
속해 있는 것이리라.

지금은 몰라도

나는 평화와 사랑스러움 사이의 어디이리라.
사랑스러움과 아름다움 사이의 어디이리라.
혹은
아름다움과 평화 사이의 어디였으면.

–고양이를 키워보면 어때요?
단골바(라고는 해도 두 번째 방문이다)에 마주 앉아 친구는 그렇게 말했다.
–늘 마시던 걸로.
이런 멘트를 해보고 싶었지만 그래봤자 생맥주다.
–늘 듣던 걸로.
이런 말을 안 해도 내가 들어서면 '그 곡'을 틀어줄 수 있느냐고 지난번 물었을 때,
아무것도 아니라는 듯 주인은 웃었다. 첫 한 모금을 마셨을 때
약속대로 '그 곡'이 나왔다. 내가 좋아하는 가수가 아닌, 다른 버전이었지만.
늘 그곳에 있는 핑이 잽싸게 달려와 친구의 무릎에 앉은 것은 예기치 못한 일이었다.
친구는 눈이 동그래져서 기뻐 어쩔 줄을 몰랐다.
잠시 후 핑은 다른 손님들을 돌아보기 위해 떠났고
또 잠시 후 가게에서 가장 따뜻한 곳을 찾아 몸을 말고 앉아 있었다.
–고양이.
키워 볼까 생각한 적이 없었던 것도 아니었다.
그러나 뭐랄까, 그냥 고양이를 키워야지, 하고 적당한 고양이를 물색해서
집에 데려오는 일은 어쩐지 나의 어떤 부분과 어울리지 않은 것 같았다.
–어느 날 갑자기, 운명적 고양이가 문득 눈앞에 나타난다면.
핑과 나는 등을 돌리고 앉아 있었고 그래서 그 말을
핑이 들었는지 어쨌는지 모르지만(딱히 들으라고 한 소리도 아니었다),
아무런 전조도 없이 바람처럼 잽싸게 달려온 핑이 내 무릎 위에 달랑 올라앉는다.
장난을 치자고 부비적거리는 걸 조금 받아주니
내 손가락을 아프도록 깨물어서 친구에게 건넨다. 고양이를 좋아하다 못해
사랑하는 친구는 핑이 자기 손가락을 피멍이 맺히도록 물고 뜯어도 웃기만 한다.
–사람마다 자신의 방식이 있겠지만
네가 아무리 애교를 떨고 그러다 모른 척하고 갑자기 달려오고 갑자기 달아나고
그런 짓을 되풀이해도.
난 말이지, 운명적 고양이를 기다려. 어딘가에 있고 언젠가는 만날. 아님 말고.

사실 그건 아주 알아보기 쉽게 쓰여 있는 텍스트인지도 모른다
내가 엉뚱한 방향에 있어서, 난해하다고 생각하는 건지도

097

08 APRIL 보상심리

– 이 부분에 대해서는 반드시 보상을 받아야만 하겠어.
라는 심정이 될 때가 있다. 이를테면 재미없는 영화를 본 다음에는 재미있는 영화로 아쉬운 뒷맛을 달래주어야 한다.(반드시 영화여야 한다. 연극이나 뮤지컬로는 안 된다.) 형편없는 책을 읽고 나서는 이미 읽은 책 중에서라도 재미있는 책을 골라 다시 읽으면서, 어쩐지 조금 더럽혀진 것 같은 영혼을 달래어주어야 한다.(소설에는 소설로, 시에는 시로.) 바보 같은 술집에서 틀어대는 노래 같지도 않은 노래로 귀를 버린 다음에는 집으로 돌아와 좋은 음악을 들으며 귀를 씻어주어야 한다.(대체로 바흐 또는 비틀스가 선택된다.) 싫은 사람을 만난 다음에는 눈빛만 봐도 기분이 좋고 마음이 통하는 사람을 만나서, 사람은 역시 꽃보다 아름답다는 것을 확인하지 않으면, 인간에 대한 혐오에 빠질 위험이 있다.(이 경우에는 책이나 음악을 골라 읽고 보는 것과 좀 달라서, 누굴 만나고 돌아오다 다른 사람을 만나기는 어렵고, 그런 사람이 집에서 얌전히 기다리고 있지도 않으니, 인내심을 가지고 기다려야 한다.)
사랑의 경우는 어떨까? 내가 한 사랑이 도무지 모자라고 불만스럽고 아프고 그래서 그렇지 않은 사랑 한 번 해보려고 다른 이들을 계속 만나 새로운 시도를 하게 될까? 글쎄, 영화나 책이나 음악의 경우에는 분명 세상에는 이것보다 훌륭한 것이 있다, 라는 것을 내가 잘 알고 있기 때문에 어렵지 않다. 하지만 사랑은 어렵다. 다른 사람이 해봤다는 사랑을 참고할 수도 없다.(누가 좋다는 책이나 영화는 볼 수 있어도 누가 좋다는 사람을 내가 만날 수는 없으니. 만난다 해도 완전히 다른 상황이 될 테고.)
그리하여 나는 여전히 어떤 '결핍' 속에 갇혀 있는 것인지도 모르겠지만. 그럼에도 불구하고 여전히 어떤 '희망' 때문에 스스로를 괴롭히는 건지도 모르겠지만.
– 아무리 그래도 죽기 전까지는 반드시 보상을 받아야만 하겠어.
라는 심정이 될 때가, 가끔, 있다.

098

12 APRIL

눈물이 안 날까

누가 당신을 사랑한다고 하면 눈물이 안 날까?
당신이 그의 존재를 알기도 전에 그가 당신을 사랑했다면
늘 당신과 함께 슬퍼하고 함께 기뻐했다면
눈물이 안 날까?

누가 당신을 사랑하여
너무나 사랑하여 자신의 목숨을 내주었다면
당신은 눈물이 안 날까?
그가 목숨을 바친 이유가 나의 잘못들 때문이었다면
눈물이 안 날까, 당신은?

그리하여 내가 이렇게 살아 당신을 만나고 사랑하게 되었다면
그러나 아직도 나는 그를 위해 더 나은 사람이 되지 못했다면

눈물이 안 날까?

응, 나는 오늘 그랬어요.

그는 주 앞에서 자라나기를 연한 순 같고 마른 땅에서 나온 줄기 같아서
고운 모양도 없고 풍채도 없은 즉 우리의 보기에 흠모할 만한 아름다운 것이 없도다

그는 멸시를 받아서 사람에게 싫어 버린 바 되었으며
간고를 많이 겪었으며 질고를 아는 자라
마치 사람들에게 얼굴을 가리우고 보지 않음을 받는 자 같아서 멸시를 당하였고
우리도 그를 귀히 여기지 아니하였도다

그는 실로 우리의 질고를 지고 우리의 슬픔을 당하였거늘
우리는 생각하기를 그는 징벌을 받아서 하나님에게 맞으며 고난을 당한다 하였노라

그가 찔림은 우리의 허물을 인함이요 그가 상함은 우리의 죄악을 인함이라
그가 징계를 받음으로 우리가 평화를 누리고
그가 채찍을 맞음으로 우리가 나음을 입었도다
우리는 다 양 같아서 그릇 행하여 각기 제 길로 갔거늘
여호와께서는 우리 무리의 죄악을 그에게 담당시키셨도다

– 이사야, 53장 2–6절

여린 순 같은 그가 양 같은 우리를 위해
죽고 다시 태어난, 그날

믿으면
눈물이 난다.

099

15 APRIL

죽음 또는 삶의 기록

"사진사를 불러와."
그녀가 요구했다. 발터 셸스가 그녀의 방에 들어갔을 때
마침 그녀는 옛날 어린이 영화를 보는 중이었다.
"어서 약초를 가져와. 안 그러면 내가 죽을 거야."
TV에서 왕이 소리를 질렀다.
"어서 서둘러. 숨이 막혀."
겐테가 신음소리를 내며 발터 셸스의 손을 붙잡았다.
"침대를 올려줘. 아냐, 다시 내려, 가지 말고 여기 있어."
한참을 그러고 나서야 잠이 들었다.
오른손엔 리모콘을, 왼손에 발터 셸스의 손을 꼭 잡고서…

– 베아테 라코타 글, 발터 셸스 사진, 『마지막 사진 한 장』 중에서

독일의 한 사진작가와 저널리스트가 호스피스 병원을 찾아가서 죽음을 앞둔 스물세 명의 사람들을 만난다. 삶을 위해 할 수 있는 모든 것을 다 해보았지만 남은 것은 죽음밖에 없는 이들이 죽음을 준비하기 위해 들어가는 병원.

두 사람이 그곳에서 만나는 것은 당연히 죽음이다.
죽음을 앞둔 사람들은 자신이 곧 맞아야 할 죽음에 대해
이야기하고 싶어 하지만 그들의 가족과 친구들은
그 이야기를 들어줄 수가 없다.
죽음은 너무 무겁고 사랑하는 이를 떠나보내는 일은 너무 아파서.
그래서 사람들은 이 낯선 이들에게 자신의 모습을 찍게 하고
자신의 이야기를 들려준다.
그리고 죽음을 향해 가는 그 날들 속에서
어쩌면 처음으로 삶을 생각한다.
지금까지 잊고 지냈던, 삶의 본질 그 자체를.
그들은 이야기를 나누고 웃고 담배를 피우고
맥주를 마신다. 나날이 허물어져가는 육체 안에서
정신까지 잃지 않기 위해 안간힘을 쓴다.
뇌종양 환자는 모든 물건에 포스트잇을 붙여놓고
조금 전에 만난 사람을 한 시간 후에 잊지 않기 위해 일기를 쓴다.
평생 남을 도우며 살아왔던 어느 할머니는
'남을 돕는 것은 기쁜 일이지만 남에게 도움을 받는 것은 형벌이야'라고 말한다.
누구도 자연스러운 죽음을 만나지 못하게 된 세상에서
우리는 철저하게 죽음과 격리되어 있고, 그리하여 죽음은 우리에게 모르는 것,
동시에 두려운 것이 되었다고, 작가는 이야기한다.
단 한 번이라도 죽음을 직시할 수 있다면, 어떻게, 왜 살고 있는 것인지,
무엇을 구해야 하는 것인지, 알 수 있을지도 모른다는 생각을 하게 되는 아침.
며칠 전 이 책 이야기를 하다가 문득 "아, 나도 죽은 다음에
누가 사진을 찍어주면 좋겠다"고 했더니 K가 어이없다는 얼굴을 했다.
"됐어요, 셀카로 찍을래요, 죽은 다음엔 못 찍겠지만 죽기 직전이라도." 나는 말했다.

초점이 나간, 무척 흔들린 사진이 될지도 모르지만, 흔들림도 사진의 일부다.
죽음도 삶의 일부고, 삶도 죽음의 일부다. 삶을 나눠 가진 우리는 서로의 일부다.

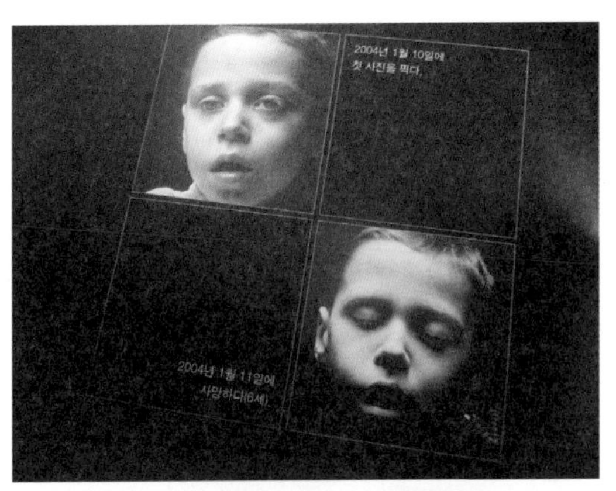

프랑스의 끝에 있는 레몬의 도시 망통에서
가장 전망 좋은 곳에 자리 잡고 있었던
바다가 내려다보이고 하늘이 가까웠던 묘지.
다정하게 모여 있는 이들은 이제 영영 헤어지지 않겠지.

100
24 APRIL 나는 팔도 다리도

나는 팔도 다리도 없으니 당신을 잡을 수 없고
잡을 힘도 마음도 내겐 없답니다

– 이성복, 「기다림」 중에서

꿈속에서, 나는 다리가 자주 아프다. 그날 다리가 아플 정도로 많이 걸어서 그런 꿈을 꾸는 건 아니다. 통증을 느끼는 건 아니지만, 걷지 못한다. 다리를 쓰지 못하는 나는 꿈에서 휠체어를 타고 있다. 가끔 누군가의 등에 업혀 다니기도 한다. 그런 꿈을 꾸고 나면, 언젠가 나에게 그런 일이 일어날지도 모른다는 이상한 생각을 하게 된다. 하지만 그 '언젠가'는 이미 일어났던 일 혹은 일어나고 있는 일일지도 모르겠다. 어젯밤 또 그런 꿈을 꾸고 이른 시간에 눈을 뜨니 자꾸만 이성복의 시 한 편이 마음에 맴돈다. 시집을 찾아 읽어본다. 시인은 말한다. 다리가 없으니 잡을 수 없고 잡을 힘도 마음도 없다고. 어쩌면 나의 기다림이란 것은 늘 그런 형편일 것이다. 마음의 자로 상대의 마음을 재보고, 꼭 그 마음만큼만 내 마음을 주기로 하고, 그 마음이 줄어들면 내 마음도 줄인

채, 기다린다. 다시 그 마음이 늘어나기를. 기다리는 동안 나는 기다리는 일밖에, 아무것도 하지 않는다. 가끔 그 기다림이 너무 오래 되면 내 마음을 차곡차곡 접어 깊은 서랍 속에 넣어둔다. 더 오랜 시간이 흐르면 서랍을 열고 접힌 마음들을 꺼내 버리기도 한다. 받는 것보다 더 많은 것을 주는 건 손해라는 생각으로 그런 건 아닐 거다. 원하는 것 이상을 넘치게 주었다가 그 사람을 당황하게 만든다거나 불편하게 만든다거나 괜한 마음을 쓰게 하는 건 사랑이 아니지 않을까, 싶기 때문이다. 그건 나만의 대단한 착각일 수도 있겠지만, 누군가 나에게 얼마든지 사랑해도 좋다고 말해주지 않는 이상, 다리가 없는 나는 그 자리에 그대로 서서 기다릴 뿐이다. 기다리는 것이 오지 않으면 슬퍼하면 그만이니까. 그 슬픔은 누구에게도 폐가 되지 않을 테니까.

저 의자가 내내 마음에 걸렸던 건
다리가 없기 때문이란 걸 뒤늦게 알았다
다리가 없어 아무데도 갈 수 없는 의자는
다른 곳을 바라보고 있는 새 한 마리
스스로 날아와 앉기만을 기다린다

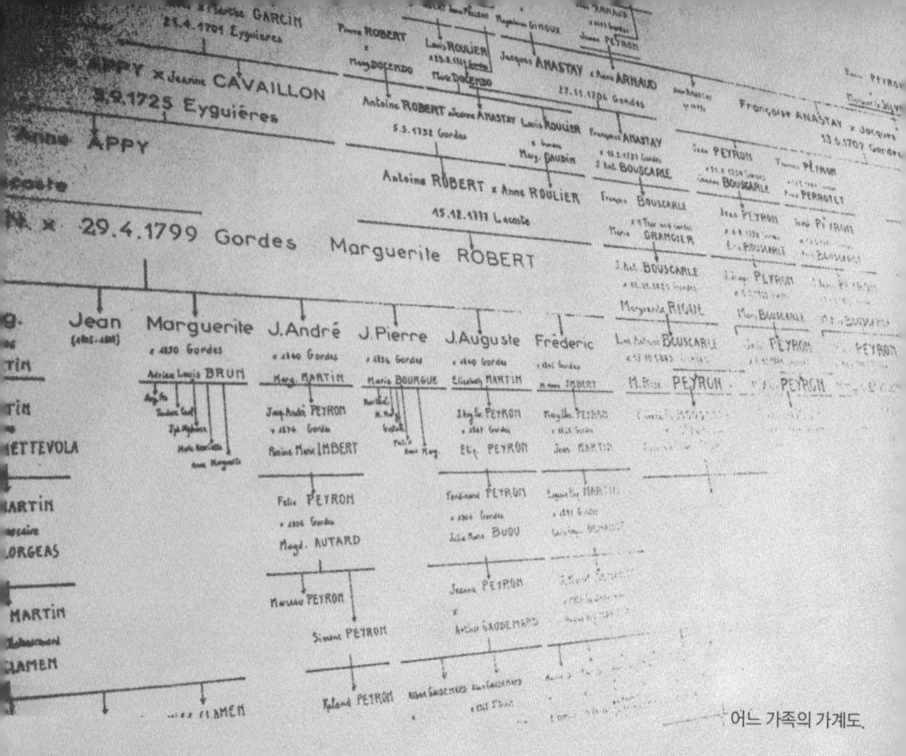

어느 가족의 가계도.

우리 서로 이렇게나 얽혀 있으니
믿음과 소망과 사랑이 없다면
우리의 삶은 얼마나 공허할까

101
28 APRIL
순서

그런즉 믿음, 소망, 사랑, 이 세 가지는 항상 있을 것인데 그 중에 제일은 사랑이라
– 고린도전서, 13장 13절

믿음 다음에 소망 다음에 사랑. 이 순서에는 이유가 있다는 이야기를 들은 적이 있다. 믿음이 없으면 소망을 가질 수 없고 소망이 없으면 사랑할 수 없다는 것이다. 그렇다면 사랑에 쉽게 도달할 수 없는 이유는 믿음과 소망이라는 기반이 흔들리기 때문이라 할 수 있을 것이다.

이즈음에 내가 믿음에 대해 많은 생각을 하게 되는 건 특별한 계기가 있었다기보다 그런 시기에 이르렀기 때문인지도 모른다. 그러나 생각을 거듭해도 믿음은 이런 거다, 라는 결론을 내릴 수가 없다. 어렴풋이 이런 것이 아닐까, 짐작만 할 뿐.

나는 당신을 믿어요.

이 말은, 나는 당신을 사랑해요, 라는 말보다 어려운 것일지도 모른다. 사랑이란 열정과 구분하기 어려워서, 강렬한 감정에 휩싸여 사랑해요, 라는 말을 충동적으로 뱉을 수도 있다. 그 말은 그 순간을 포함하여 조금 앞선 과거와 조금 후의 미래를 포함할 수 있으나 본질과 영원에 그 뿌리를 내릴 가능성은 높지 않다. 흔히 말하는 사랑은 언제나 '나'라는 존재에서 시작되기 때문이다. 그래서 그 사랑이 자신에게 아름답지 않다고 느껴질 때, 우리는 종종 사랑으로부터 달아나거나 사랑을 포기한다.

누군가를 믿는다는 것은 '나'와 별개로 '너'를 존중한다는 의미일지도 모른다. 나에게 이러저러한 것을 해주어서 믿는 것이 아니라 '너'와 타인, '너'와 세계의 관계에서 '너'는 항상 옳은 선택을 하리라는 것을, 최소한 인간이 지녀야 할 덕목을 포기하지 않으리라는 것을 내가 확신할 때, 믿는다는 말을 할 수 있을지도 모른다.

그럼 소망은 뭘까? 그건 '기대'와는 완전히 다른 것이다. 믿음을 기반으로 한 소망이란 '나'에게 무엇을 해달라고 원하는 게 아니라 좀 더 높은 곳에 그 가치를 두고 있는 것이라고 나는 생각한다. '믿음'이 '나'와 '너'의 존재를 동등한 위치에 두는 거라면 '소망'은 '너'의 존재가 '나'의 존재를 선행할 때 만들어진다. 내가 소망하는 것은 '너'의 아름다운 삶이 될 것이고 그것을 이루어가도록 지켜주고 도와주는 것이다.

그리하여 마침내 사랑에 이르렀을 때 '나'는 '너'를 위해 모든 것을 내어줄 수 있지 않을까? 비로소 그 사랑은 본질과 영원에 뿌리를 내리지 않을까?

갈 길은 이렇게나 멀고도 멀지만 나는 아직 포기하지 않았어요.

102

04 MAY **고치다**

삶은 고치는 것이 아니라 견디는 것이다.

– 손철주, 『꽃 피는 삶에 홀리다』 중에서

고치다; 낡거나 고장이 나거나 한 물건을 손질하여 제대로 되게 하다.
그릇되거나 틀리거나 한 것을 바로잡다.

어디가 낡고 어떻게 고장이 났는지
어디부터 그릇되었고 어디서 틀린 건지
알고 싶을 때가 있다.

고칠 수 있다면 어디를 어떻게 고쳐야 하는 건지.
혹은 알아도 고칠 수 없는 건지.
고칠 수 없음을 견뎌야 하는 건지.

아저씨는 지붕을 고치고 있었다.
지중해의 푸른 하늘 아래 눈처럼 흰 소금이 산처럼 쌓여 있었다.

삶은 고칠 수 없어도 지붕은 고칠 수 있으니 다행인가.
지붕을 고치는 수고를 견뎌내는 것이 삶인가.

미스트랄이 강하게 불던 날이었다.
휩싸여 날아가지 않기 위해 견뎌야 하는 건가.
휩싸여 날아가는 일을 견뎌야 하는 건가.

얼마든지 견딜 수 있다.
무엇을 견뎌야 하는 건지, 언제까지 견뎌야 하는 건지
알 수만 있다면.

103

09 MAY

단순하지 못한 열정

내가 그 사람을 떠올리는 행위와 환각 사이에,
그리고 그 사람에 대한 나의 기억과 광기 사이에는 차이점이 전혀 없는 듯했다.

– 아니 에르노, 『단순한 열정』 중에서

이 책을 처음 읽었던 스물 몇 살 때는
그런 것이 존재한다고 믿었다.
그러나 이제 와서 생각해보면 단순하기만 한 열정은 없었다.
적어도 나에게는. 최소한 지금까지는.
순식간에 소진된 것은 열정이 아니었다.
오래 남는다고 해서 반드시 사랑은 아닌 것처럼. 그렇다고 해서
그게 사랑이 아닌 것도 아니지만.
조금만 더 달콤한 상실감에 빠져 있고 싶은 날.
저녁에 볼 영화가 많이 슬프면 좋을 텐데.

네가 보는 것은 마음의 그림자
내 마음의 원래 모습을 짐작할 뿐이다, 짐작하기 위해서는
짐작하고 싶다는 마음이 너에게 있어야 하며
그 마음의 원래 모습을 네가 이미 알고 있어야 한다
네가 한 번도 품은 적 없었던 낯선 마음이라면
그림자만으로 원래의 모습을 헤아릴 수는 없으니

땅에 사는 동물들에게는 '나는 쥐'라고 말하고, 하늘에 사는 동물들에게는 '나는 새'라고 말하고, 결국 어느 무리에도 속하지 못하고 따돌림을 당하는 박쥐의 이야기를 이솝 우화에서 처음 읽었을 때 '왜 굳이 그렇게 두 가지 부류로 구분을 해야 할까?', '왜 굳이 어딘가에 속해야 하는 걸까?' 그런 생각을 했다. 나와 다르면 '다르다'가 아니라 '틀리다'라고 말하는 사람이 나는 여전히 싫다.

인간도 아니고 동물도 아닌, 또는 그 양쪽인 뱀파이어의 이야기를 하면서 그는 〈박쥐〉라는 제목을 붙였다. 주인공의 양면 중 한쪽은 인간 중에서도 가장 고귀해야 할 성직자, 일종의 '날개'를 지니고 있는 존재다. 다른 한쪽은 다른 사람의 피를 미친 듯이 원하는, 그래야만 생존할 수 있는, 살인의 본능을 지니고 있는 짐승이다. 대부분의 인간에게 허락되는 일들도 그에게는 금기였으므로 짐승의 본능에 눈을 떴을 때 그는 내동댕이쳐진다. 가장 높은 하늘에서 가장 낮은 땅으로. 날개가 있었기 때문에.

그리고 한때 그에게 존재했던 '날개'는 그의 본능에 저항한다. 온몸에서 돋아나는 날개의 흔적을 지울 수 있는 건 더욱 강렬하고 치명적인 '악'이다.

'영원히 목마르지 않는 영생의 물' 대신 '인간의 피'를 마셔야만 하는 그는 이제 모든 갈증에 눈을 뜬다. 〈박쥐〉의 영어 제목은 그래서 〈Thirst〉다. 결코 채워지지 않는 갈증은 더 많은 피를 원하게 만들고 그 피는 그의 갈증을 더욱 깊게 만든다.

모든 것은 허겁지겁, 충동적이고 가볍고 얇고 표피적이며 순간에 불과하다. 그 여자를 사랑하는 건지 아닌지 생각할 겨를조차 없다. 눈앞에 없으면 갈구하고 보이면 삼키고 삼키면서 더 깊은 갈증을 느낀다. 멈출 수 없으니 멈추어 바라볼 수 없고 바라볼 수 없으니 본능의 지배를 받는다.

어쩌면 지옥이란 끝없는 고통을 겪어야 하는 곳, 원하는 것은 아무것도 얻을 수 없는 곳이 아니라, 모든 것이 다 존재하고 그것을 가질 수도 있지만 결코 만족할 수 없는 세상일지도 모르겠다. 온 세상이 무엇인가를 가지라고 소리치는. 갖고 싶은 것이 차고 넘치는. 이것을 가지는 순간 다른 것을 갈망하게 되는. 어쩌면 우리가 살고 있는 이 세계와 흡사한. 이토록 신기루 같은.

'뭘 그렇게 여실하게 다 보여주나요?' 원망스럽기도 했지만 스크린에 흘러넘치던 그 음기, 그 어둠과 환멸은 애써 모른 척하고 싶은 이 세계의 또 다른 양면이어서 여운을 쉽게 떨칠 수가 없다.
세계는 지극히 폐쇄적이다. 우리의 마음도 이토록 닫혀 있다. 인간이기에 죄를 짓고, 인간이기에 죄책감으로 괴로워하고, 인간이기에 갈증을 느끼고, 인간이기에 갈증을 채울 수 없으며, 인간이기에 사랑을 원하고, 인간이기에 사랑과 멀어진다. 인간은 사랑을 살해할 수도 있다.
그러니까 사람은 사랑을 살해할 수도 있다. 살아 심장이 펄떡펄떡 뛰고 있는 사랑이 있다면 살해할 수 있다. 살아 심장이 펄떡펄떡 뛰고 있는 사랑을 가진 사람을 만나 그 사람의 사랑을 살해함으로써 그 사람을 살해할 수도 있다.
그러므로 사랑이 사람을 살해하는 일도 가능해진다. 살아 심장이 펄떡펄떡 뛰고 있는 사람의 사랑을 죽이는 일은 그 사람을 죽이는 일과 같다. 이미 죽어 있는 것은 죽일 수 없다. 상처도 받지 않는다. 마음이 모든 것에 반응할 때 나도 사랑도 살아 있었으나, 살아 있는 동안 언제 죽을지 모른다는 두려움에 시달리며 고통 받았으나, 그 고통은 행복의 다른 얼굴이었을지도 모른다. 죽은 사랑은 살해할 수 없다. 그 무엇으로도.

105

15 MAY

감히 세계관이라니

대학 선배인 겸 오빠의 어머님이 돌아가셔서 꽤 오랜만에 문학회 선배 몇몇이 장례식장에 모였다. 오랜 시간 앓으시다 조용히 돌아가신 터라 다들 호상이라 했다. 곡소리가 없는 장례식장은 왠지 평화롭기까지 한 분위기.

소주 몇 잔으로 얼큰해진 선배들과 자리를 무르고 나와 어쩐 일인지 다 같이 나를 먼저 바래다주는 분위기가 되었는데 우리 동네까지 다 와서 안녕히, 서두를 꺼내기 직전에 아무래도 이대로는, 라고들 하는 바람에 늦은 시간 동네호프집으로 들어섰다.

연일 술과 일에 시달린지라 맥주 한 잔 앞에 놓고 입 가리며 하품을 하는데 오랜만의 선배들은 20여 년 전의 과거와 현재를 오가며 이야기에 두서가 없다. 그러다가 한 선배가 최근에 읽은 책 이야기를 했다. 제목은 까먹었으나 그 책을 읽고 자신의 세계관이 확 바뀌었다는 것이다. 곧이어 철학과 종교와 과학과 물리학과 인문학을 아우르는 토론이 불붙었다가 잠시 소강상태에 접어든 찰나였다.

– 난 세계관이란 게 없나 봐.

(생각만 한다는 게 너무 피곤했던 나머지 밖으로 튀어나온 케이스.)

선배들이 일제히 나를 바라보며 뭔 소린지 설명하라는 무언의 압박을 행사했다.

– 아니, 그러니까, 저는요, 그런 경험이 없는 거 같아서요. 가끔 '인생을 바꾼 책 한 권'이라거나 '인생을 변화시킨 사람'이라거나 '누군가의 한마디', 그런 글을 써달라는 부탁을 받는데, 아무리 생각해봐도 없는 거예요. 지금 생각해보니까, 저한테는 분명

한 세계관이나 가치관이 없었던 게 아닌가, 싶어서. 애초에 뭐가 있어야 그게 바뀌기도 하는 거잖아요?

– 우주나 세계는 이런 거라고 생각했는데 생각과 다르다는 걸 알게 되거나, 전혀 몰랐던 것을 알게 되어서 충격을 받았다거나 그런 적이 없어?

처음 그 이야기를 꺼냈던 선배가 물었다.

– 내가 뭔가를 알고 있다고 생각했는데 사실은 몰랐구나, 그런 거요? 하지만 전 제대로 알고 있는 게 없다고 생각하고, 모르는 게 당연하다고 생각하거든요. 점점 더 그렇게 돼요. 모르는 게 얼마나 많은지 알게 되는 것 같아요. 그러니까 몰랐던 걸 알면 신기하고 놀랍긴 하지만 아니! 내가 지금까지 이것도 몰랐다니! 내가 잘못 알고 있었다니! 이런 건… 없었던 것 같아요.

이쯤에 이르러, 이제 이 논의에 이성적인 자세로 임하기에는 조금 과다한 양의 알코올을 섭취해버린 선배들의 풀린 눈동자가 눈에 들어오기에, 나는 입을 다물었다.

이 세상에 단정 지을 수 있는 것은 없으며 핵심과 본질과 실체는 손에 잡히지 않는다는 것. 나는 처음부터 몰랐고 지금도 모르고 앞으로도 제대로 알 수 없을지 몰라도, 모른다는 것을 인정하고 알기 위해 노력하는 수밖에 없다는 것. 그것이 내가 알고 있는 것의 전부다.

아니 뭐, 선배들의 이야기도 틀린 건 아니고.

나의 세계라는 것이 화분 하나보다 클 수 있을 거라고는 생각하지 않는다.
그러나 우리가 세계, 라고 할 때는 우주, 적어도 지구 정도는
염두에 두지 않을까. 이 도시조차 자유롭게 넘나들지 못하는 내가
감히 세계관이라니. (이런 생각 역시 세계관 혹은 가치관 혹은 편견일지도)

106
18 MAY
부당한 불행의 목록

아리스토텔레스에 따르면
'사람들의 마음에 연민과 공포를 불러일으킬 수 있는
부당한 불행의 목록' 중 마지막 세 개는 다음과 같다.

10. 좋은 일이 지체되는 것
11. 좋은 일이 전혀 일어나지 않는 것
12. 좋은 일이 일어났지만 그 일을 즐길 수 없는 것

– 아리스토텔레스의 『니코마코스 윤리학』 중 일부분을 재인용한
마사 크레이븐 누스바움의 『욕망의 치료법』 중 일부분을 재인용한
마이클 티어노의 『스토리텔링의 비밀』 중에서

역시 아리스토텔레스에 따르면

비극은 완결된 행동의 모방이며
연민과 공포를 불러일으키는 사건의 모방이다.
연민은 부당하게 불행에 빠지는 것을 볼 때 일어나고
공포는 우리와 비슷한 사람이 불행에 빠지는 것을 볼 때 일어난다.

그러니까 '부당한 불행의 목록'은
사람들로 하여금 연민을 일으키게 하는 극적 장치로 이용할 수 있는 목록인 것이다.
이 목록은 모두 열두 가지로, 1번은 당연히 '죽음'이며
그 뒤로 상해와 학대, 노년과 질병, 배고픔, 고독 등이 줄을 잇고 있다.

이 목록에서 유독 마지막 세 개가 계속 마음에 맴돌아서
이유를 생각해보다가, 쉽고 구체적인 예를 떠올려 보았다.

– 좋은 일이 지체되는 것
보고 싶은 사람이 있다고 하자. 그 사람과 만나기로 했는데 그 약속이 자꾸 미뤄질 때.
안타까운 일이지만 나의 경우에는 풀이 죽는다거나 실망하진 않을 것 같다.
어쩌면 오히려 그 상황을 즐기기까지… 할지도…
언젠가 만날 수만 있다면, 그 언젠가가 반드시 오기만 한다면,
기다리는 시간 동안 심지어 행복할 수도…

– 좋은 일이 전혀 일어나지 않는 것
앞의 예를 그대로 사용해보면, 보고 싶은 사람을 만날 수 없고
언제 만날 수 있을지도 모를 때. 어쩌면 영영 만날 수 없을지도 모를 때.
마음 아픈 일이긴 하지만, 대단히 불행하다는 생각은 안 들지도 모른다.
희망을 품는 것 정도는 할 수 있을 테니까.

– 좋은 일이 일어났지만 그 일을 즐길 수 없는 것
보고 싶은 사람을 만났는데,
그 사람은 나를 전혀 보고 싶어 하지 않았다는 사실을 알게 되었을 때.
최악이다. 불행이다. 생각도 하기 싫다.

이런 생각을 하다 보니
인생이라는 것 자체가 몹시 부당하며
나는 부당한 취급을 당하고 있는 게 아닌가, 라는 기분이 든다.

그러니까 인생에서 일어날 수 있는 일들 중의 대부분은
– 나쁜 일
– 좋은 일이 일어나지 않는 일

– 좋은 일인 줄 알았는데 알고 보니 나쁜 일

기타 등등이며

– 기대했던 좋은 일이 정말로 좋은 일로 일어나는 일

같은 건 가뭄에 콩 나듯 일어나는 게 아닐까.

이런 비극 속에서 새삼스럽게 새로운 비극을 창조한다는 것 자체가

참, 뭐랄까, 송구스럽군요.

인생이 코웃음치면서 이렇게 말할지도 모르지.

– 가소롭게. 엇다 대고.

그러니까 내내 비가 내리다가, 겨우 햇살이 반짝 하고 비췄는데
당신이 앉을 자리가 보송보송 마르고 따뜻해졌는데
아무리 기다려도 당신은 오지 않는데
그러다가 또다시 비가 내려 내 마음은 엉망진창이 되었는데
뒤늦게 찾아온 당신에게 내어줄 자리가 없다면

'좋은 일이 지체되었다가 일어나지 않았다가 마침내 일어났으나
아무것도 아니게 된'
총체적 불행이라고 봐야 하는 거죠

107
24 MAY 부재

그 그림들은 비록 수 세기 동안 불변한 채 남아 있기는 하지만 우리에게 단 하나의 순간만을 보여준다. 덧없는 순간과 끝없는 지속이 서로 매우 가까이 끌어당겨져 있고, …… 변화 그 자체를 의미하는 순간은 수집가의 책장 속 마른 나뭇잎처럼 납작하게 눌려 있고, 언제까지고 그 자리에 머물 운명인 것이다.

– 제임스 엘킨스, 『그림과 눈물』 중에서

어쩌면 우리를 견딜 수 없게 하는 것은
변화하는 것이 아니라 변하지 않는 것인지도 모른다.
혹은 변하지 않는 것들 속에서 변해버리는 것들,
그 두 가지의 격앙된 대비일지도 모른다.

'끝없는 지속'이라는 것이 '덧없는 순간'들로 이루어져 있다는 것,
덧없는 순간이 끝없이 지속된다는 것,
그리하여 시간의 존재가 소멸하고
시간에 기대어 있는 우리의 삶 역시 소멸한다는 것,
그런 사실을 응시하는 것이 오래된 그림을 보는 일일지도 모른다.

그리고 모든 것의 부재.
신의 부재. 사랑의 부재. 아름다움의 부재.
부재를 느끼는 것은 그것이 한때 존재했기 때문이다.
그 부재가 고통스러운 것은
그들이 여전히 존재하기를 바라기 때문이다.

그러나 덧없는 순간은 지나가고
끝없는 부재만이 지속될 뿐이다.
부재를 상기시키는 순간을 응시할 수 있는 힘이
나에게는 없을지도 모른다.

특별한 그림으로 인해 눈물을 흘린 적은 없었으나
그림 또는 순간 속에 각인된 잔인한 지속성이
나를 울고 싶게 만든다.

우리는 시간 속에 갇혀 있고
그들은 시간의 바깥으로 영원히 추방되었다.

108
25 MAY

너무해

사람은
이토록 혼자인데
어째서
사람에게 이토록
기대어 살고 싶게
만들어진 걸까

사람은
이토록 저마다인데
어째서
타인과의 완벽한 소통을
원하도록
만들어진 걸까

필요한 건 어쩌면
다만 한 사람일지도 모르는데
그를 만나지 못하여
그를 얻지 못하여
그를 잃어

무너진다
세계

봐, 여기, 형이 있었던 공간
그날, 뭐 들을래? 하고 형이 물었잖아
우리가 좋아했던 다이어 스트레이츠, 핑크 플로이드
레드 제플린, 비틀스,그대로 다 있잖아
형 다음으로 내가 제일 많이 쳤을 저 피아노도

사라지지 않는 거지? 우리의 좋은 날들은?
지금은 모두들 형의 빈자리가 안타깝고 쓸쓸하지만
언젠가는 낮게 흐르는 조용하고 아름다운 추억을 껴안고
감사할 수 있는 거겠지?
그런 거지?

…형은 아마 웃으면서 말할 거다
연습하면 다 돼, 라고

109

30 MAY

연습하면 다 돼

그를 마지막으로 만난 날이 언제였나. 스케줄러를 뒤져본다. 그래, 어느 일요일인가, 스폰지하우스에 가서 〈Let me in〉과 〈Be kind rewind〉를 연달아 보고, 문득 오랫동안 발길을 못했다는 생각이 나서 대학로에 가보자, 그랬던 날이었다. 1월 18일. 추웠다, 그날.

가게를 옮겼다고, 한 번 들르라고, 그런 문자를 받은 지도 꽤 오래전이지, 아마? 그런 생각을 하며 일요일 밤, 골목 안에 숨어 있는 〈틈〉을 찾았다. 테이블 하나에 남자 하나와 여자 둘이 앉아 소주를 마시고 있었던가. 그는 약간 멍한 표정으로 우리를 맞았다. 언니는? 물었더니 글쎄, 하고 얼버무려서, 사이좋은 두 사람이 또 뭔가 사소하고 귀여운 말다툼이라도 했나, 더 이상 묻지 않고 맥주를 마셨다.

대학로에서 세 번째로 옮긴 그곳은 좀 답답했다. 지하인 데다가 창문이 없어서 그런 걸 거야, 속으로만 생각하고 아늑하네, 여기, 말은 그렇게 했다. 소주를 시키고 형도 앉아, 했는데 차분히 앉아 이야기를 하진 못했다. 생각해보면 손님도 한 테이블밖에 없었는데 부산했다고 할까 산만했다고 할까, 얘기를 주고받을 기분이 아니었던 걸까, 그랬다. 시간도 늦고 해서, 다음에 또 올게요, 하고 나왔던 것 같다.

노래하는 신용택. 대학로에 있는 카페 〈틈〉의 주인. 술 좋아하고 사람 좋아하고, 역시 술과 사람 좋아하는 아내를 너무 사랑한 사람.

– 우리 용택 씨, 너무 멋있지 않아? 난 세상에서 이렇게 예쁘고 사랑스러운 사람은 본 적이 없어.

그의 아내는 종종 우리에게 그런 소릴 해서 핀잔을 들었다.

– 아, 정말 눈꼴시어요. 사랑놀이는 둘이 있을 때만 해달라고.

우리의 항의에도 전혀 아랑곳하지 않았던 사랑스러운 부부. 그리고 그들의 아이.

– 내가 너 처음 봤을 때, 넌 너무 어려서 말도 못하고 울기만 했어.

난 종종 그렇게 놀려댔다. 건강하고 밝고 낙천적인 아이.

– 내일이 개학인데 방학숙제를 하나도 안 했대.

그의 아내는 거의 자랑이라도 하듯 그렇게 말하곤 했다.

– 숙제를 안 해가면 어떻게 돼?

하루는 내가 아이에게 물었다.

– 선생님이 손바닥 때려.

– 뭘로?

– 자로.

– 아프니?

– 조금.

그래서 나는 아이에게, 숙제 하는 대신 오늘은 우리랑 놀고 손바닥 맞는 연습을 하자, 그랬다. 그 아이는 벌써 열다섯 살이다.

우리는 〈딩굴스〉라는 이름의 밴드였다. 일주일에 한 번씩 만나, 두 시간쯤 연습을 하고, 다섯 시간쯤 술을 마셨다. 한 달에 한 번 〈틈〉에서 공연을 하고, 일 년에 한 번 정도는 조금 큰 곳을 빌려 공연을 했다. 딩굴스의 레퍼토리는 거의 그의 자작곡이었다. 술 마시면서 어울려 즉석에서 노래를 만들긴 했지만 작곡은 늘 그의 몫이었다. 그렇게 만들어진 노래 중에 고르고 골라도, 공연 시간은 두 시간을 훌쩍 넘겼다.

아마 2000년이 되기 전이었을 텐데. 딩굴스를 처음 결성한 건. 기타리스트 한 명이 나가고 드러머가 바뀌고 베이시스트도 바뀌었지만 그는 거의 초창기부터 나와 함께

한 멤버였다. 우리는 순전히 아마추어들이었으나 그는 앨범을 낸 프로여서 우리에게 아마 불만도 꽤 있었을 것이다. 그러나 나는 그가 화를 내는 것을 단 한 번도 본 적이 없다. 별의별 사람이 다 오는 술집을 하면서도. 원래 그런 성격이었다. 그렇다고 순하기만 한 사람은 아니었다.

그는 고집이 셌다. 빙글빙글 웃으며 가만히 앉아 있으면서도 싫은 건 싫은 사람이었다. 우리는 눈치로 그걸 알 수 있었고 그가 싫다는 건 우리도 절대 못한다는 것을 잘 알고 있었다. 가끔 그의 요구사항이 너무 어려울 때면 그걸 어떻게 해? 반항도 해봤지만 그때마다 그는 웃으면서 말했다.
– 연습하면 다 돼.
〈연습하면 다 돼〉라는 제목으로 노래를 하나 만들어야 한다고 그랬다, 그때는.

꽤 오랜 세월이었다. 다 같이 여행도 가고, 소풍도 가고, 몇 년 동안은 새해도 함께 맞았다. 집에 내려가지 못했던 언젠가의 설날에는 떡국도 얻어먹었지.
– 우리 이제 딩굴스, 다시 못하겠지?
그의 장례식장에서, 오랜만에 만난 몇 명의 멤버끼리 그런 이야기를 했다. 사실 딩굴스가 활동을 중단한 것은 이미 오래전의 일이다. 그래도 우린 내심 언젠가 다시 또 시작하게 되리라고 생각하고 있었다. 그도 그랬다. 그랬을 거라고 생각한다. 그런데 이제, 그가 없어져버렸다.

파주시청 옆의 장례식장에 마련된 그의 빈소, 밤 열두 시가 가까운 시간에 손님들이 가득 찼다. 〈틈〉의 단골이었던, 아는 얼굴들이 꽤 보였다. 단골술집의 주인이 세상을 떠났다고, 금요일 밤에 파주까지 온 손님들이다. 그러니까 그들은 그를 단지 술집 주인이라 생각하지 않았던 거다. 친구였고 가족이었고 또, 노래하는 사람이었다, 그는. 그의 노래로 위로를 받은 적이 한 번이라도 있는 사람이라면, 그를 그냥 보낼 수가 없었으리라.
삼 개월쯤 전부터 우울증에 시달렸다고 했다. 두 달쯤 전에는 아주 가까운 사람이 세상을 떠났다고 했다. 증세가 심해진 것 같아 며칠 전 병원에 가서 약도 받아먹었다고 했다. 딱 한 번 그 약을 먹었는데 다 토해냈다고 했다. 기분전환이라도 하려고 친구들과 속초로 여행을 갔다고 했다. 다음날, 농약을 먹고 병원에 실려 갔다고 했다. 아내와 아이가 속초로 내려가, 병원에 있는 그를 만났다고 했다. 잘 살아보자고, 이겨내 보자고 약속을 했다고 했다. 그는 평온한 얼굴을 하고 잠이 들었다고 했다. 그리고 새벽, 아내와 아이가 병실에서 자고 있는 사이에 혼자 밖으로 나가, 5층에서 뛰어내렸다고 했다. 모두 들은 이야기다.

슬퍼해야 하나. 화를 내야 하나. 원망을 해야 하나. 미안해해야 하나. 나는 도무지 알 수가 없었다. 몹시 혼란스러웠고 뭔가가 부서지고 무너지는 것 같았다. 그래서 솔직히 장례식장에 가고 싶지 않았다. 그 모든 것을 현실로 받아들일 자신이 없었다. 하지만 가지 않을 수는 없었다.
– 삶을 나누어 가졌으니, 죽음도 나누어 가져야 한다.
그런 목소리가 어디선가 들려왔기 때문이다.
기묘하게도 장례식장에 통곡은 없었다. 밤이 늦어지자 간간이 웃음소리도 들렸다. 그랬다. 우리도 무슨 이야기를 하다가 웃었다. 그때 형이. 맞아 형이. 그래서 형이.
– 결국 형이 우리한테 이렇게 술을 먹이는구나.
그러면서. 결국 누구도 그의 죽음을 현실로 받아들일 수 없었던 거였다.

그래도 한 시절이 끝났다. 한 사람이 사라졌다. 하지만 나는 오늘 몸을 추스르고 마음을 추슬러 마트에 가서 장을 보고, 청소를 하고, 빨래를 하고, 손톱을 깎고, 운동화를 빨고, 장조림을 만들고, 깻잎도 재어두었다.
그가 사라진 것이 믿어지지 않을 뿐더러, 죽음이란 믿고 안 믿고의 문제는 아니라는 생각이 든다. 아무것도 끝나지 않았고 아무것도 사라지지 않았을지도 모르는 거다. 우리는 한때의 삶을 나누어 가졌다. 그런 것은 쉽게 사라지지 않는다.
그렇지? 그런 거지?
그의 소식을 들었던 날, 한밤의 포장마차에서 나는 친구에게 그렇게 묻고 싶었다. 하지만 묻지는 않았다. 묻기 전에, 대답을 들었으니까.
그럼. 그런 거지, 라는.

110

06 JUNE

오징어의 열렬한 사랑

뭐 대충 이렇게 생긴 난로의 연통을 향해
빛의 속도로 날아가서
눈 꼭 감고 정면충돌하는 거지요
온몸의 촉수를 뻗어 움켜쥐고
죽을 때까지 놓지 않는 거지요
전 그런 성격은 아닌지라
왠지 뭔가 잘못한 것 같고
사과해야 할 것 같은 기분이 드네요

– 예전에 누구한테 들은 이야긴데, 오징어잡이배를 타는 사람들이
　오징어를 어떻게 먹느냐, 잡자마자 배 안에 있는 난로, 거기 연통에 획 던지면
　오징어가 빨판으로 연통을 확 움켜잡으면서 그대로 구워진다는 거야.
　그 이야기를 듣고 시도 썼는데, 지금 생각해보면 거짓말인지도 몰라.
소설 쓰는 S선배의 말에 시인 나무 선생님이 뜨거운 반응을 보이셨다.
– 호오, 그거 정말 열렬한 사랑이다!
– 맞아, 그런 시가 있었지. 기억나. 제목이 뭐였더라…
나는 혼자 그런 생각을 하고 있는데 갑자기 선생님이 내 쪽으로 몸을 확 돌리시더니
– 그런 사랑을 한 적 있어?
열렬하게 물으신다. 순간 당황하여 뭐라 선뜻 대답을 못하고 있는데
– 그 정도는 해봐야지! 한두 번은 해봐야 해!
생각지도 않은 일로 불현듯 무지하게 혼나고 있는 나를,
사과나무 키우는 K선배,
얼마 전 『김수영 육필시고 전집』이라는 어마어마한 책(자그마치 15만 원인,
그러나 몹시 탐나는!)의 편자를 맡았던 L선배,
사건의 발단을 제공한 S선배는 유들유들 웃으며 보고만 있었다.

– 아무도 도와줄 생각이 없잖아. 내 힘으로 벗어나야 해.

라고 생각한 나.

– 선생님은요? 몇 번 정도…?

너털웃음을 터뜨리신 나무 선생님,

– 아, 갑자기 덥다.

하며 재킷을 벗으시고 막걸리를 들이켜셨다.

그러고도 포기하지 않으시고 재차

(조금 누그러지신 어투로) 대답을 강요하시는 선생님.

– 잘 모르겠어요. 제가 아직 살아 있는 걸 보면, 안 해본 거 아닐까요?

이럴 때 나무 선생님은 흔쾌히 기꺼이 나와 소통해주신다.

– 그래, 네 말도 맞다.

나무 선생님은 가끔 그런 걸 궁금해하신다.

내가 요즘 연애는 하고 다니는지. (밥은 먹고 다니는지, 라는 걱정과 비슷하다.)

어떤 사랑을 했는지.

무슨 비밀 이야기라도 되듯, 남들은 못 들을 때 살짝 물어보신다.

죄송한 이야기지만, 그럴 때의 선생님은 참 귀여우시다.

111

14 JUNE

나무는

이상하지, 얼마 전에 본 그 사진 때문이었을까, 깊은 밤 깊은 꿈속에서
나는 내내 나무를 생각했어. 나무는 어디에서 왔는지, 나무는 무슨 생각을 하는지,
나무는 무얼 하고 있는 건지, 생각하고 또 생각했어.
하나의 목소리를 들은 건 잠이 나를 밀어내고
현실은 아직 나를 받아들일 준비가 안 되어 있던, 공허 같은 새벽녘이었을 거야.

– 생명을 지닌 모든 것들은 태어나고 죽는다. 사람은 만나고 또 헤어진다.
네가 누군가를 영원히 기다려주지 않듯, 너를 영원히 기다려주는 이도 없다.
네가 누군가의 곁에 영원히 머무르지 못하듯, 네 곁에 영원히 머무를 이도 없다.
나무도 그러하다.
태어나서 죽고, 있다가 없어진다. 그러나 나무는 네가 그곳에 이르기 전부터
그 자리에서 너를 기다려주었고, 너를 버려두고 먼저 떠나가지도 않는다.
너보다 먼저 와서 너보다 늦게 떠나는, 너를 기다려주고 너를 배웅하는,
유일한 생명이다, 나무는.

그래서 그렇게 좋은 걸까, 모든 나무들이.

112
17 JUNE

바람만 생각해

바람이 그렇게 불고
빗방울이 무차별적으로 떨어지고
파도가 그렇게 높았는데
달은 어찌나 둥글고 환했던지

사진 **김준**

이 모든 일들 중에서도 가장 슬픈 건 삶이 계속된다는 것이다.
만약 누군가 자신의 연인을 떠난다면 인생은 그를 위해 멈춰야 하고,
누군가 세상에서 사라진다면 세상도 멈춰야 한다.
하지만 그런 일은 결코 일어나지 않는다.

그리고 그게 바로 대부분의 사람들이 아침에 일어나는 진짜 이유다.
중요하기 때문이 아니라 중요하지 않기 때문에.

– 트루만 카포티, 「불행의 대가」 중에서

그러니까 세상은 우리를 염두에 두지 않는다는 거지요.
우리의 존재를 개의치 않고, 신경 쓰지 않는다는 거지요.
다시 말해 세상은 우리를 알지 못해요.
세상에게 있어 우리는
'아는 사람'이 아니라 존재의 유무조차 모르는 타인인 거죠, 그저.

그러니까 어쩌다 세상이 우리에게 관대해 보일 때는
세상이 그날따라 기분이 좋거나 우리가 운이 좋은 거예요.
세상이 우리에게 너무한다 싶을 때, 부당하고 치사하게 군다고 느껴질 때는
마침 그날 그 시간에 운 나쁘게도 나쁜 장소에 있었기 때문이지
세상이 우리에게 악의를 품고 일부러 괴롭힌 건 아닐 거예요.

언젠가 창 아저씨가 이런 문자를 보냈어요.
'세상이 널 버렸다고 생각하지 마라. 세상은 널 가진 적도 없다.'

이 말이 야박하게 들리나요?
아뇨, 난 안 그래요.
최소한 미움 받고 있지는 않은 거니까.
최소한 내가 내 존재를 각인시킬 만큼 세상에 폐를 끼친 건 아닐 테니까.

긍정적인 생각이란 대체로 가난하고 가끔 쓸쓸한 거예요.

그래도 누군가를 위해 눈을 뜨고 싶은 날은 있죠.
그 사람에게 내가 중요하거나 중요하지 않아서가 아니라
그를 위해 하고 싶은 일이 있어서요.

오늘 하루, 잘 견디고 잘 걷기를. 가끔 큰소리로 웃기를.
몇 번쯤 하늘을 보고 좋은 음악을 듣기를.
조용히 응원하고 지켜보고 싶으니까요.

트루만 카포티의 단편「마지막 문을 닫아라」는
이런 문장으로 끝나죠.

아무것도 생각하지 마. 바람만 생각해.

세상이 내게 무슨 짓을 하든, 하지 않든
나는 바람만 생각할 거예요.
당신의 삶과 빛, 슬프도록 아름다운 그림자를 내게 전해주는 건
아마도 언제나 바람이니까요.

113
23 JULY 그럴 때 있죠?

모든 관계는 지극히 상대적인 것이고,
서로의 감정과 속도와 심지어 혼란이나 권태까지 비슷한 것도
그럴듯하고 가치 있는 거지만.
가끔은 일방적으로 사랑받고 있다는 기분을 느끼고 싶을 때, 있지 않나요?
내가 줄 수 있는 것이 없고, 주고 싶은 것도 줘야만 하는 것도 없지만,
상대는 나의 무엇인가를 간절히 원하고 있다는 걸
확인하고 싶을 때. 그러니까 세상에 그런 사람도
한둘은 있다는 걸 눈으로 보고 싶을 때.
그럴 때가 당신은 없나요?
내 삶이란 그런 시기가 올 때마다 스스로 피하는 종류의 것이어서,
그러다가 말고 그러다가 잊고 그러다가 아무것도 아닌 게 되곤 했지만.
가끔 누군가에게 조금 지쳤다는 기분이 들 때.
가끔 오래도록 제자리걸음을 하고 있으며 앞으로도 그럴 것 같다는 기분이 들 때.
아무런 영양분도 없고 해롭기만 하다는 사탕 한 알을 집어먹고 싶어질 때, 그럴 때.
하지만 나는 또 알고 있죠.
그들이 원하는 건 정말로 내가 아니라는 거.
이야기는 겉돌고 나는 집중하지 못하고 다른 생각이나 할 거라는 거.
그래서 그 뒷맛은 씁쓸하거나 슬프거나 무의미하다는 거. 그런데도,
– 그래도 괜찮아!
싶어질 때가 쓸쓸하게도 찾아오죠.
원하는 것이 정말로 내가 아니어도, 나의 영혼이 아니어도,
즉물적이고 구체적이고 순간적인 무엇이어도, 차라리 좋아,
단순하니까, 위험하지 않으니까, 같은 생각.
이러다 또 말겠지만. 아무것도 안 하는 일도 꽤 힘들지 않나요?

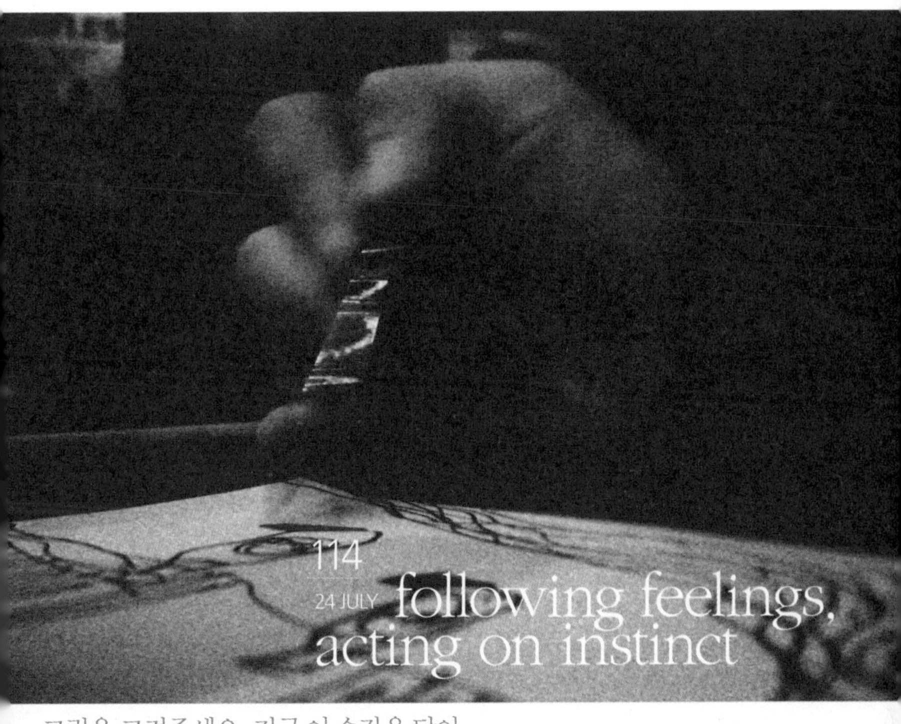

114
24 JULY

following feelings, acting on instinct

그림을 그려주세요, 지금 이 순간을 담아

이 모든 역동적인 변화들 – 내적으로나 외적으로나 – 속의 기묘한 결핍이 나를 충동했다.
그리하여 낯선 도시의 어느 저녁에 열리는 콘서트 티켓 한 장을 예약해놓고
그 한 장의 티켓을 위한 비행기 티켓과 숙소를 찾아 나섰다.
망설이는 마음에게 언젠가 내가 했던 말이 누군가를 통해 돌아와 속삭였다.

following feelings, acting on instinct.
가라가라, 떠미는 온 세상에 대한 반항은 무의미하다.

소중하고 중요한 것은 그런 것들.

로버트 플랜트의 목소리와 지미 페이지의 기타가 going to California를 흐느끼는 것.
바비 맥퍼린의 음성과 요요마의 첼로가 바흐를 타고 헤엄치는 것.
베를린 필하모닉의 열두 명의 첼리스트가 비틀스를 불러내는 것.

취기에 힘입어 바람 부는 야외가 필요하다고 외치는 나를 위해
네가 완벽한 장소를 찾아내는 것.
소파에 누워 하늘을 올려다보는 내게서 조금 떨어져 앉은 네가
너의 소주잔을 스스로 채우는 것.

사랑의 무게를 재어보지 않는 것.

그것이 사랑일까 아닐까 따져보는 대신 부딪치고 다치고 치유해가는 것.

또 다른 사랑을 믿어보는 것.

감정을 따라가는 것.

본능에 의해 행동하는 것.

언제든지 떠나서 머물고 싶은 만큼 머물다 돌아오라고 말해주는 것.

- 그게 너야, 라면서.

언제든지 와서 머물고 싶은 만큼 머물다 가라고 말해주는 것.

- 그건 선물이야, 라면서.

ARAKEN

SIEGE
SEAT
30F
049

115
25 JULY 몇 걸음만

몇 걸음만 천천히 오라, 그대

그대의 숨이 아직 가쁘니
바람이 그대보다 먼저 올 수 있도록
낮은 온도와 속도를 지킬 수 있도록
길을 비켜 달라

몇 걸음만 뒤로 물러나 달라, 그대

그대의 빛이 너무 강하니
내가 어두워지지 않도록
숨거나 달아나지 않도록
마음을 비켜 달라

한때 나를 품고 있던 어둠 속에서
한때 그대를 껴안고 있던 바람 속에서

내가 얼마나 오래 참았는지
얼마나 오래 기다렸는지
기억해낼 수 있도록
잊지 않을 수 있도록

그러나 무엇이 있을까
우리가 한 번도 이르지 못했던 그곳에는

116

11 AUGUST 겁을 먹고 있는 것처럼

…사람의 거주공간에 둘 그림은 비디아하라스,
아홉 개의 보석, 현인들, 가루다,
하누만 등 길조의 대상만을 그려야 한다.
(중략)
그림이 춤을 추고 있거나 겁을 먹고 있는 것처럼 보이거나,
웃고 있는 것처럼 우아하고, 생동감 있고,
마치 숨을 쉬는 것처럼 보인다면 길조의 그림이다.
화가는 그림 속에 어둠이나 공허가
존재하지 않도록 그림을 그려야 한다.

-6세기 말, 『비쉬누다르모타라 푸라나』에서 발췌한
프리야발라 샤의 「신전과 왕들의 집에 적합한 그림의 종류」를
제임스 엘킨스가 발췌.
『과연 그것이 미술사일까?』에 실은 것을 발췌함.

당신이 남긴 기억들은
'춤을 추고 있거나 웃고 있는 것처럼 우아하고
생동감 있고 마치 숨을 쉬는 것처럼'
보인다.

게다가 그것은
'겁을 먹고 있는 것처럼' 보인다.

순진한 동시에 사악하고
복잡한 동시에 단순하고
따뜻한 동시에 무시무시하지만

겁을 먹고 있는 게 틀림없다.
내가 자신을 해치기라도 할까 봐.
혼자 남겨두고 멀리 떠나기라도 할까 봐.

어찌 되었거나
6세기 말의 저 복잡한 저서에 따르면

그것은 길조.

그러나 기억에서 분리해낸 당신의 실체는
어둠이나 공허에 가깝다.
그것을 나의 '거주공간'에 두는 일은 위험하지만

나의 불행은
어둠이나 공허가 존재하는 것들에 대해
물결치는 마음을 가지고 있다는 것.

117

21 AUGUST

부재는 존재를 증명한다

누군가를 생각하지 않으려고 애를 쓰다 보면

누군가를 얼마나 많이 생각하고 있는지 깨닫게 된다.

있다와 없다는 공생한다.

부재는 존재를 증명한다.

누군가가 머물다 떠난 자리일까
혹은 누군가를 기다리는 자리일까
당신의 마음속 빈자리는

날들, 모든 날들,
부풀어 올랐다가, 가라앉는다

118

11 SEPTEMBER

사라진다

창에서 내다보면 이런 풍경이다. 강을 향해 걸어가면 오른쪽이나 왼쪽으로 꼭 길이 있을 것처럼 생겼는데 사실은 막혀 있다. 그래서 모든 사람들이 여기에서 길을 잃는다. 하루 종일 보고 있어도 질리지 않는다. 지도를 들고 씩씩하게 걸어가다가 문득 막힌 길을 마주하고 멍한 표정을 지으며 두리번거리는 사람들 말이다. 곧 포기하고 돌아 나오는 이도 있고, 한참 동안 서서 믿을 수 없다는 듯 지도를 들여다보는 이도 있다. 길을 잃어도 웃음을 터뜨리고 기념 삼아 사진을 찍는 이들도.

그리고 결국, 모든 이들이, 길을 찾는다. 언젠가, 어디론가, 길을 향해, 간다. 풍경 속으로 사람들이 들어왔다가, 사라진다.

내가 누구의 편이냐고?

그야 물론, 거룩한 정의의 편.
위대한 질서와 균형의 편.
우주와 물질의 편.

눈에 보이지 않는 희망의 편.
꽃처럼 여리게 피어나는 용기의 편.
감추어둔 사랑의 편.

명사가 아닌 동사의 편.
영원이 아닌 변화의 편.
내일이 아닌 오늘의 편.

과장되고 왜곡되지 않는 믿음의 편.
흘러가는 물과 바람의 편.
조각난 시간의 편.

그야 물론
부서지기 쉬운 것들과 사라지기 쉬운 것들의
문 이쪽과 저쪽을 나누고 있는 경계의
비밀의

그리고 무엇보다
너의 편.

119

15 SEPTEMBER 편

120

20 SEPTEMBER

이해하기 위해 노력하는 헌신의 대상

예술은
아름다움이란 예상 가능한 불변의 것,
산 정상에 언제나 있는 것이 아니라
유기적이고 항상 변하며 이해하기 어렵다는 것을 보여준다.
바로 그런 이유로
예술은 우리가 이해하기 위해 노력하는 헌신의 대상이 된다.

– 마이클 키멜만, 『우연한 걸작』

예상 가능한 것(혹은 인간)에 대해 쉽게 흥미를 잃어버리는 성격이긴 해도
예상 불가능한 것(혹은 인간)에 대해 영원한 복종과 헌신을 맹세할 만큼
인내심이 강한 인간은 아닌 것이다, 나는.

어려운 일에 도전하는 것을 겁내지 않고 한편 재미있다고까지 생각하긴 해도
그 어려움이 지속되고 풀릴 기미가 보이지 않으면
여러 가지 이유를 둘러대며 포기해버리는 인간인 것이다, 나는.

진리를 깨달을 만큼 현명하진 못해도
드물게 알게 된 진리 중 하나는
포기하는 게 가장 쉽다는 것이다, 나한테는.

그리하여 지고지순한 예술과 그에 걸맞을 정도의 영혼에 대하여
사랑과 경외를 바치기는 해도
도무지 해독 불가능한 난수표의 모양을 하고 있거나
사람을 괴롭히기 위해 태어난 것이 틀림없는 것 같은 예술 앞에서
등을 돌리고 마는 것이다, 나는.

이해하기 위해 기쁘게 노력하고 헌신하는 것에 대해 불만은 없으나
그렇다면 나의 그런 헌신에 대해
예술, 너는 과연 기뻐하고 있는 건가?
그대의 영혼은 과연 나를 받아들일 준비를 하고 있는 건가?
라는 의문을 못내 품고야 마는 것이다, 나는.

121

28 SEPTEMBER

서울 2010

밤 열한 시, 서울역에서 소매치기를 당했다. 대학에 원서를 내기 위해 당일치기로 올라왔다가 기차를 타고 내려가려던 참이었다. 서울에서 출발하여 다음 날 새벽 부산에 도착하는 무궁화호 티켓이 그 지갑 안에 있었다. 내 사정 따위를 봐줘가며 뭘 훔쳐간다면 소매치기가 아니겠으나, 참으로 난처하고 고약한 일이었고 난처하고 고약한 도시였다.

그런 도시에서, 당신은 내내 숨바꼭질을 하고 있었다. 나를 만난 이후부터 줄곧 그러했다. 당신은 어두운 골목이나 막다른 담벼락 사이에 숨어 내가 당신을 발견할 때까지 기다렸다. 난처하고 고약한 사람이었다. 지갑과 티켓을 잃어버린 나는 경찰서에도 가고 매표소에도 가서 사정을 호소했으나, 누구도 방법을 내놓지 못했다. 나는 스무 살이었고, 한겨울이었다. 마찬가지로 당신 앞에서 나는 늘 스무 살이었고, 늘 추웠다. 누구도 당신을 붙잡을 방법을 알려주지 못했다.

– 그래도 아름답지 않니.

부서지고 깨지고 지친 마음들이 하루 몫의 슬픔을 안고 저물어가는 곳에서, 당신은 말했다.

– 이토록 쉽게 길을 잃어버리는 삶이 아름다워?

나는 따져 물었고, 당신은 웃었다.

– 그래도 사람이 살잖아. 사람이 살았고, 그래서 집과 길이 생겼고, 사람이 아직도 살잖아.
당신이라는 불편한 사람이 익숙해질 무렵, 길을 잃어도 사람이 있으니 괜찮은 거라고 마음을 놓을 무렵, 나보다 먼저 도시가 변하기 시작했다. 변화의 궤도에 한 번 오른 도시는 빛의 속도로 달려갔다. 고장 난 마음을 수선하지도 못한 채 저물어가는 날들이 늘어갔다. 그래도 달이 가까이 있어 그리 서럽진 않았다.

삼 년쯤 지났으니 난처하고 고약한 도시와 어울릴 만도 했다. 그해 여름, 일주일 밤낮을 지치지 않고 쏟아져 내린 비로 인해 내 작은 방의 벽 한쪽이 무너져 내리기 전까지는. 산기슭에 어설프게 버티고 있던 내 방에서 나와, 나는 아직도 낯선 전철을 타고 주인집을 찾아갔다. 나쁜 사람들은 아니었지만, 돈을 쉽게 돌려받을 수는 없었다. 집을 잃은 나는 친구네 집을 전전하며 애써 불행하지 않다고 믿기로 했다.
– 이다음에 돈을 많이 벌면, 마당이 있는 작은 한옥을 하나 살 거야. 장독대마다 맛깔스러운 장을 채워 넣고, 기왓장을 타고 똑똑 떨어지는 빗소리를 들으며 그 박자에 맞춰 노래를 부를 거야. 바람이 좋은 저녁에는 사람들을 불러 잘 익은 김치와 막걸리를 나누며 〈희망가〉를 들어야지.
한 장의 사진처럼 내 마음의 렌즈에 고스란히 담긴 그 풍경 속에서, 소박한 꽃들이 피고 지고, 작은 새들이 종종걸음으로 마당을 가로질러 가고, 이른 아침이면 어디선가 망치질 소리가 들렸다.
– 옆집에 좋은 친구가 있으면 좋겠어. 내가 여행을 떠난 사이 내 꽃에 물을 줄 수 있는 친구 말이야.
내 말에, 당신은 고개를 끄덕이며 대답해주었다.
– 그렇게 한 오백 년 살자. 너랑 나랑. 그리고 우리보다 더 환한 사람들과. 집을 잃고 꿈을 얻었네.
그런 저녁이면, 우리는 손을 잡고 집을 보러 다녔다. 낮은 담 너머로 다른 이들의 꿈을 훔쳐보고, 오래 변하지 않을 것들을 마음에 새겨 넣었다. 나는 지금도 당신의 기억이 뚝뚝 떨어지는 그 동네 어딘가에 나의 한 부분을 기대고 산다. 그건 누구도 빼앗아 갈 수 없는 꿈의 원형이니까.

십 년이 지났을 때 나도 이 도시의 속도에 어느 정도 적응하게 되었다. 당신의 속도에도 적응하게 되었다. 그리고 지루해졌다. 시간을 내고 마음을 내어 서로에게 집중하는 일이 점점 줄어들고, 가끔 안부를 묻는 것조차 식상해졌다. 오랫동안 변하는 것들을 두려워해왔다는 생각이 들었고, 그래서 내 삶이 지루해지고 있다는 결론이 내려졌다. 먼저 행동한 것은 당신이었다.

– 거리가 필요해.

그렇게 간단한 이별의 말만 남기고 당신은 떠났다. 당신이 말한 거리가 '사람과 자동차들이 다니는 길'인지, '두 곳 사이의 떨어진 길이'인지 알지 못한 채 나는 숙제처럼 남겨졌다. 당신이 어디로 갔는지, 언제 돌아오는지 몰라서, 나는 배낭을 메고 무작정 거리로 나섰다. 낯선 사람들과 낯선 건물들 속에서 내가 본 것은 낯선 당신이 지나간 흔적들이었다.

– 어째서 나는 아직도 여기가 낯선 걸까.

어째서 나는 아직도 당신이 낯선 걸까. 어째서 낯선 것들이 지루하게 여겨질까.

언제나 그랬듯이, 생각을 거듭하면 문제는 나라는 것이 금세 들통 나고 만다. 여태 낯설다는 사실을 부정하기 위해 나는 지루함을 겉옷처럼 걸치고 있었던 것이다. 그런 현실을 잊기 위해 나는 씩씩하게 배낭을 메고 낯선 거리를 탐험했다. 이태원의 무슬림 마을에서 점심을 먹고 혜화동의 필리핀 거리에서 머리핀을 샀다. 가리봉동의 연변마을에서 시장을 보고 광희동의 몽골타워에서 지나가는 행인과 잠깐 이야기를 나눴다. 밤이면 반포의 서래마을에서 와인을 마시다가, 가끔 당신 생각을 했다.

당신의 걸음이 닿는 거리마다 그럴 수 없이 낯설기를, 당신의 마음이 머무는 곳마다 더할 수 없이 외롭기를 빌었다. 낯선 사람들 속에서 낯익은 풍경을 벗 삼는 길 잃은 마음들이 내 그림자에 빗금을 긋고 지나쳐갔다.

– 어땠어? 이번 여행은.

– 그럭저럭 좋았어.

해가 지지 않는 도시의 한 모퉁이에 마주 앉아, 당신과 나는 몇십 번 되풀이한 이야기를 하고 있다. 고향에서 살아온 시간보다 더 많은 시간을 이 도시에서 보냈다. 부모님과 함께한 시간보다 더 오랜 시간을 당신에게 기대고 살았다. 도시는 모든 것을 소유하라고 했고, 많은 것을 버리게 했다. 당신은 모든 것을 무의미하게 만들었고, 많은 것을 포기하게 했다.
그래도 내내 당신 곁에서 나는 시간을 견뎌왔다. 하지만 언제부턴가, 그 모든 것들이 조금씩 무너지기 시작했다. 생각해보면, 도시가 밤을 잃기 시작하면서부터였다. 나는 더 이상 깊은 어둠에 잠겨 꿈 많은 잠을 자지도 않고, 잠을 급습한 어떤 두려움으로 인해 몇 번이나 깨어나지도 않고, 떨리는 목소리로 당신의 이름을 부르지도 않는다.
– 우리가 잃어버린 빛이 도시를 떠돌고 있는 걸까? 아니면 도시가 너무 반짝여서 우리가 빛을 잃어버린 걸까?
내 질문에 당신은 고개를 흔든다. 무엇에 대한 긍정이고 무엇에 대한 부정인지 알지 못한 채, 그렇다고 대답을 추궁할 생각도 없이, 나는 종이컵에 든 커피를 조금 마신다. 테이크아웃. 언제 어디서든 쉽게 손에 넣을 수 있고 어디로든 가져갈 수 있는, 진짜를 표절하고 있으나 그렇다고 가짜는 아닌, 그런 삶이다. 도시는 시간의 축에서 벗어난 지 오래다. 밝아지지도 저물지도 않아 떠날 때도 돌아올 때도 도무지 가늠할 수가 없다. 하나의 불이 꺼지면 또 다른 불이 켜진다.
– 이제 어쩌지.
바쁜 걸음들을 눈으로 좇다가 나는 질문도 대답도 아닌 말을 한다. 명멸하는 것이 희망인지 절망인지 몰라서, 당신을 좇는 내 마음이 사랑인지 미움인지 몰라서.
– 희망이라고 하자.
겨우 고개를 들어 나를 본 당신의 입술 사이에서, 휘파람 같은 목소리가 천천히 흘러나온다.
– 그렇게 생각하면, 그걸로 좋은 거겠지.
빛의 속도보다 마음의 속도가 느리다고 느꼈던 탓에, 우리는 좀 초조했던 건지도 모른다. 그러나 사실 빛은 줄곧 우리의 마음을 쫓아왔다. 빛은 늘 마음 곁에 머무르고 있었다. 당신과 나는 가깝기도 하고 멀기도 했지만, 그래도 함께 살아왔다. 오래된 공간에서, 새로운 공간에서, 그리고 그 사이 어디쯤에서, 사람이 산다. 사람이 살았고, 그래서 집과 길이 생겼다. 집과 길이 생겨서 도시가 되었고, 아직도 사람이 산다. 이 도시에서, 당신과 내가 이렇게 살아가고 있다. 그러니까 그건, 아마도 희망이다.
그러니까 잃은 것은 아무것도 없다.

Widerrechtlich abgestellte Fahrzeuge
werden kostenpflichtig abgeschleppt
GIPSY RESTAURANT
LIVE 20 UHR
IM SPIEGELSAAL

122

30 SEPTEMBER

대답

대답하지 않는 것도 대답이다.

선택하지 않는 것도 선택이다.

이유 없음도 이유다.

비워라
햇살이 앉을 자리를

123

03 OCTOBER

그럴 수만 있다면

난 항상 강해지지 않으면 안 되었으면서도
그럴 수만 있다면
좀 약해지고 싶었다.

– 페터 한트케, 『소망 없는 불행』 중에서

무너지는 것,
쓰러지는 것,
감정에 복종하는 것,
본능에 충실한 것,
원하는 것을 원한다고 말하는 것,
숨기지 않는 것,
서투른 것,
잡으려고 손을 뻗는 것,
후회하는 것,
후회할 짓을 하는 것.

가끔은 그렇게 약해지고 싶다.
그럴 수만 있다면.

마음껏 약해져도 정말로 괜찮았던
참 환했던 풍경, 이미지, 단 한 컷,
한순간.
그러나 그건 정말 나였나.

책을 읽기 가장 좋은 공간은
기차 안이라는 이야기를 들은 적이 있다
덜컹거리는 소리와 공감각
시간이 순차적으로 흘러가고 있다는 느낌
적어도 세상과 함께 움직인다는
적어도 나도 함께 흘러간다는 안도감

124

06 OCTOBER

대학시절

최초의 모든 것은 낯설고 지루했다. 스무 살이 이렇게 낡은 것이었나, 그렇다면 마음껏 떠돌리라 작정했고 늦은 오후 잔디밭에 엎드려 폭우를 기다렸다. 릴케가 있었고 이성복, 신대철, 김수영이 있었다. 레드 제플린, 비틀스, 짐 모리슨이 있었다. 기숙사에서 살 때는 매일 밤 누군가가 바래다주었다. 그들 중 몇몇과 연애를 했다. 사랑이 끝나도 세상은 끝나지 않는다는 사실을 깨달았을 때 다시는 온전한 나를 보여주지 않겠다고 결심했다. 시험기간이면 몇몇 친구들이 교정을 뒤져 나를 찾아냈다. 그들의 도움으로 간신히 졸업정원제를 넘었다. 모든 질문에 대답해주는 선배들이 있었다. 나는 모든 대답에 대해 또 다른 질문을 했다. 최루탄이 지긋지긋해질 무렵 충동적으로 화실 문을 열었다. 연탄을 살 돈으로 첫 달 화실비를 냈고 그 다음 달부터는 선생님의 묵인하에 그냥 눌러 살았다. 세계와의 단절이 그토록 평화로운 것인 줄 처음 알았다. 내가 가장 마음에 들어 했던 줄리앙 데생은 이사할 때 잃어버렸고 나머지 그림들은 화실에 그대로 놔둔 채로 훌쩍 떠나왔다. 화실에서는 늘 카레 냄새가 났다. 나와 이별한 K는 뉴욕으로 갔고 나와 이별한 B는 입대를 했다. 가족사를 털어놓으며 내 손을 잡고 울던 Y도 먼 나라로 떠났다. 용서할 수 없었던 내가 그 시절에 존재하고 있을지 모르나, 잊었다. 그 잊음을 용서할 수 없다면, 어쩔 수 없는 일. 대학시절, 아무리 들여다보아도 알 수 없는 지도와 같은 시간들, 길도 문도 없다고 믿었다.

정말로 없었을지도 모른다

125

09 OCTOBER 알겠다

당신이라는 문을 열고 나가면
또
당신이라는 문

당신이 나를 사랑한다는 그토록 선명한 사실로 인해
영원히 나를 사랑할 것이라는 이토록 확연한 믿음으로 인해

당신을 오래 볼 수 없었어도
더 오래 볼 수 없어도

살아올 수 있었다는 것을
살아갈 수 있다는 것을

이제 알겠다

나의 사랑은 역사란 거룩한 이름과는 어울리지 않아
영혼에도 시간에도 새겨놓지 않았으나

당신이라는 사람이 품고 있는 나와
우리의 사랑은
나라는 사람과 나의 부실한 사랑에 비할 수 없이
강하고 특별한 것이었으니

그 진실에 기대어 내 삶이 흘러가는 것

잠들기 직전에 겨우 붙잡는 이름 하나
나에게 있다는 이유 하나로
매일 아침 내가 일어날 수 있다는 사실을
이제 알겠다

당신과 나는 단 한 권의 책으로 정리될 수 없는
너무 많은 이야깃들을 가지고 있어서
그 서가는 가까이 있는 듯하지만
대부분의 책들은 대출 금지된 것이어서

20 OCTOBER 모순

당신이 어떤 창으로도 뚫을 수 없는 방패를 들고 있고, 내가 어떤 방패도 뚫을 수 있는 창을 들고 있다고 하자. 혹은 내가 들고 있는 것이 방패이고, 당신이 들고 있는 것이 창이어도 상관은 없다.
당신과 나는 처음 만나는 순간, 상대가 들고 있는 것의 진가를 알아보았다고 하자. 누구도 몰라주던 가치를 처음 알아준 사람 앞에서 마음을 열고 무너지고 싶은 순간이 불현듯 닥쳤으나 섣불리 움직이면 치명적인 상처를 입게 된다는 엄연한 사실로 인해 우리는 둘 다 움직일 수가 없을 것이다.
그렇게 그 자리에 그대로 서서 서로를 바라보는 동안 나는 당신은, 당신은 나를 생각하게 되었다고 하자. 창을 든 쪽은 방패를 생각하고, 방패를 든 쪽은 창을 생각한다.
– 어떤 창으로도 뚫을 수 없는 방패이니, 내 창은 튕겨 나갈 것이다.
– 어떤 방패도 뚫을 수 있는 창이니, 내 방패는 조각날 것이다.
한쪽은 자신이 들고 있는 창을 의심하고, 다른 한쪽은 자신이 들고 있는 방패를 의심하게 되었다고 하자. 운명은 한 발자국도 허락하지 않고 당신과 나는 상대가 먼저 움직여주기를, 혹은 영원히 움직이지 않기를 바라게 될 것이다. 우리가 들고 있는 것들이 모순이니 우리의 마음도 모순이다.
그리하여 무거운 모순들로 인해 우리는 점점 지쳐가고, 이대로 영원에 이르는 건 아닌지 두려워하기도 할 테지만. 실제로, 그 모순의 대결은 얼마나 쉽게 끝날 수 있는 것인가. 어느 한쪽이 한쪽 눈썹의 긴장을 슬쩍 푸는 것만으로도 더 이상 이 상태를 유지할 의사가 없음을 상대는 알아차린다. 그리하여 가벼운 눈인사 한 번 나누지 않고 등을 돌려 각자의 길로 걸어가게 되는 것이 정해진 미래.
모든 것을 뚫을 수 있는 창을 가졌다는 것은 모든 것을 막을 수 있는 방패 앞에 설 수 없다는 것. 그 반대도 마찬가지.

127

05 NOVEMBER

먼 미래

내일 일도 모르고 하루하루 살아가는 내가
십일월의 어느 차가운 날 문득 그려보는 먼 미래의 그림 속에

그래, 고요해진 그리움

누군가의 말대로 나는 책만 있으면 행복해지는 사람이니
볕이 잘 들고 천장이 높은 서재에
가득 책을 꽂아두고
커다랗고 서랍 없는 나무 책상 위에
금방 만든 커피를 딱 한 잔만 놓아두고

책을 읽다 지치면
그래, 쓰지 않았던 편지로 노래를 짓고
건네지 않았던 마음으로 그림을 그리고

누구에게도 보여주지 않고
서재 한쪽 구석에서 그대로 잠들게 하고

그래, 가끔 벗들이 찾아오면
작은 정원에서 허브를 따다가 차를 끓이고
정이 들기 전에 그저 가라 하고
그리 자주는 찾아오지 말아 달라 등을 떠밀고

바람이 부는 날에는
그래, 집 근처 작은 카페로 가서
아무런 약속도 없이 누군가를 기다리며
채워지지 않을 빈 의자를 무심코 바라보고

그래, 고요해진 그리움으로
밥을 짓고
잠을 자고
한밤에 불현듯 깨어나 쓰린 마음을 되새기는 일 없이
끝내 감추어두었던 그 무엇을 꺼내보는 일 없이

누구의 이름도 떠올리는 일 없이

이 세상 무엇 하나 건드리지 않도록
누구에게도 해가 되지 않도록

128

30 DECEMBER

간결하게

눈이 아주아주 많이 왔지만 나는 괜찮았지. 우리 집으로 올라가는 언덕을 기억하고 있는 친구들, 붙잡을 수 있는 마음의 팔을 내밀어주었지. 그렇게 추운 날에도 눈을 굴리는 아이들의 소리. 온 집안에 레몬 향기를 가득 채우며 쿠키도 구웠지. 어두워질 무렵이면 친구들이 찾아오고, 어떤 날은 누군가를 만나러 목이 긴 스웨터를 입고 외출을 했지. 한 해 동안 조금의 우여곡절도 있었지만 나는 썩 괜찮았지. 그리 흔들리지도 않았고 그리 아프지도 않았어. 가령 어떤 날에는 몹시 아픈 것 같기도 했지만 시간의 위무는 늘 믿을 만했지. 조금쯤 제대로 된 안녕을 할 수 있게 된 것 같아서 마음이 한결 가벼워졌지. 어제의 안녕도 몹시 간결하여 마음에 쏙 들었어. 몇 번이나 다시 하고 싶을 정도로. 누군가를 보내는 일에도 누군가를 다시 만나는 일에도 꽤 익숙해졌다고 생각해. 어디론가 떠나는 일도 또 돌아오는 일도 무겁지 않아졌어.

그래도
어느 날엔가
보내는 일이
기다리는 일이
그러다 문득 잊어버리는 일이
익숙해지는 일이
진부해지면

치르체오 산맥으로
하트포드로
세상의 끝, 가장 먼 해변, 키웨스트로
고르드와 레 생트 마리 드 라 메르로
떠날 거야

그곳에서 기다리겠다고 약속해
모든 종을 울리겠다고 약속해

-올 거예요?
-갈 거예요
간결하게

129

07 JANUARY

떨어진다

무거운 것은 잘못된 장소에 있기 때문에
바른 장소로 가기 위해 떨어진다.
마찬가지로 가벼운 것은
그에 걸맞은 더 높은 장소로 가기 위해
올라간다.

-K.C. 콜, 『우주의 구멍 The Hole in the Universe』

눈이 오고, 쌓이고, 기온이 내려가고, 얼고,
서로를 끌어당기는 에너지가 왕성한 작용을 하여
무게를 얻은 물질이 되고
그러다가 인색한 햇살이 그 결합의 힘을 느슨하게 만들면
툭
떨어진다.

고드름 낙하를 주의하라는 말을 들었다.

그들은 잘못된 장소에 있었다.
그리하여 그들이 있을 곳, 즉 아래를 향하여 떨어진다.
그러나 그 장소가 애초부터 잘못되었던 것은 아니다.
적정한 온도와 장소와 시간이 만나
그들은 만들어졌다.
그러나 어느 순간, 그것이 바뀌었다.
'바른 장소'는 '잘못된 장소'로 변해버린다.

친구, 여기에 사랑을 대입하면 너무 비약일까?
그러나 이토록 꽁꽁 얼어붙은 세계를 바라보고 있으면
그런 생각에 빠지지 않을 도리가 없다.

고드름을 원망할 일은 아니다.
온도를, 장소를, 시간을 원망할 일도 아니다.
무거운 것은 떨어지고
가벼운 것은 날아간다.

그토록 빤한 진실이어서 알기 힘들고
그토록 이치에 맞는 진실이어서 받아들이는 일이 가혹하게까지 느껴진다.

어느 날 내가 떠나온 그곳은
내가 있을 자리가 아니었기 때문이었다.
네가 아직 그곳에 남아 있었던 것은
너를 둘러싼 온도와 시간이 아직 변하지 않았기 때문이었다.

어느 날 내가 홀로 남겨진 그곳은
아프고 분하지만 나에게 걸맞은 장소였다.
그러나 언제까지나 변하지 않는 것은 없다.

세상에 완벽한 것은 없다.
그러나 없는 것이 無이므로, 無는 완벽하다.

– 같은 책에서

변하지 않는 것도 없으므로, 없는 것은 無이므로,
오로지 無만이 변하지 않는다.

그러나 우리는 無가 되기에는 너무 무겁거나 너무 가벼우니
가끔 잘못된 장소에서 만나기도 하고
가끔 서로를 방치한 채 떠나버리기도 하는데
그것은 처음부터 우리의 영역이 아니었던 것이다.

아인슈타인의 '악명 높은' 방정식이 단호하게 선언한 대로
에너지는 질량에 빛의 속도 제곱을 곱한 것이다.
빛의 속도 제곱이라는 어마어마한 힘이
우리의 무게(여러 가지 의미로)에 곱해질 때
엄청난 에너지가 생긴다.

우리는 어디론가 튀어나가야 한다.
떨어져야 하고 올라가야 한다.
우리는 無가 아니기 때문에.
만약 우리의 질량이 0이라면, 에너지도 0이 되어
완벽하게, 변함없이, 영원할 수 있겠지만.

이 아름다운 책은
숫자 0에 관한 아름다운 이야기이며
동시에 우리의 삶에 언제나 존재하는
무한하게 크고 깊고 어두운
아무것도 없고 모든 것이 존재하는
구멍에 관한 이야기이다.

받치고 기대고 얽히고 그렇게.
존재하지 않는다고 밝혀진 에테르적인 어떤 힘에 의해.
나는 여기 있다.
당신은 거기 있다.

20 JANUARY

그 덧없음으로

그렇긴 해도 그녀는 시몽과 함께 살고 있었다.
그녀는 밤마다 그의 품 안에서 사랑을 속삭였고,
때로는 아주 능란한 연인이나 어린아이만이 끌어낼 수 있는 몸짓,
그녀 자신도 그 강도를 인지하지 못할 정도로 소유욕에 찬 동시에
그 모든 소유가 덧없다는 생각에 두려워하는
그런 몸짓으로 그를 끌어안았다.

– 프랑수아즈 사강, 『브람스를 좋아하세요…』 중에서

만약 소유가 덧없는 것이 아니라면
그토록 강렬한 욕망을 수반하지도 않으리라.

모든 소유는 덧없으니
그 욕망을 거세할 수도 없으리라.

그러니 덧없음이란 반드시 나쁜 것만은 아니리라.
그 덧없음의 힘으로
삶의 한 부분이 지속된다.

그 속에 무엇이 담겨 있는지 모를 때처럼
그것을 갖고 싶을 때는 없다.
그것을 가질 수 없다는 것을 깨달았을 때처럼
욕망이 증폭되는 때도 없다.

131

21 JANUARY

사람이 그리

함부로 내뱉어지는 말들
이해해보려고
가볍게 넘기려고
이유를 찾아보려고 해도
알 수가 없으니까

멋대로 던져진, 날아온 감정들
내가 그걸 놓쳐버렸다고 해서
반성하고 싶지는 않으니까

오자투성이의 책들
소음들의 공격
아직도 눈을 머금고 있는 하늘
추위

사람이란 게 그리
그다지 그렇게
달갑지만은 않을 때도 있는 거니까
삶이란 것에 대해 그리
착하게 굴지 않고 싶을 때도 있는 거니까

좀 지친 것 같아
꼬집어 말할 이유도 없이

바닷가에 살던 옛사람들은
조개가 껍데기를 벗고 새가 되는 거라 믿었다는데
그러면 하늘로 날아오른다 믿었다는데

좋은 이야기야
딱딱한 껍질 속에서 날개를 키우는 조개들의 빛나는 속살
기꺼이 안온을 벗어던지고 날아오르는 새들의 빛나는 퍼덕임

그러니 나는 사랑하는 일을
조금 더 기껍게 하기 위해
사람을
삶을
당신을
조금 더 기껍게 껴안기 위해
한동안 무심하게 조금 많이 걸어야겠어

지난겨울 기록된 이 모든 상념들을 봉하여
어딘가 멀고 따뜻한 곳에 버리고 와야겠어

시린

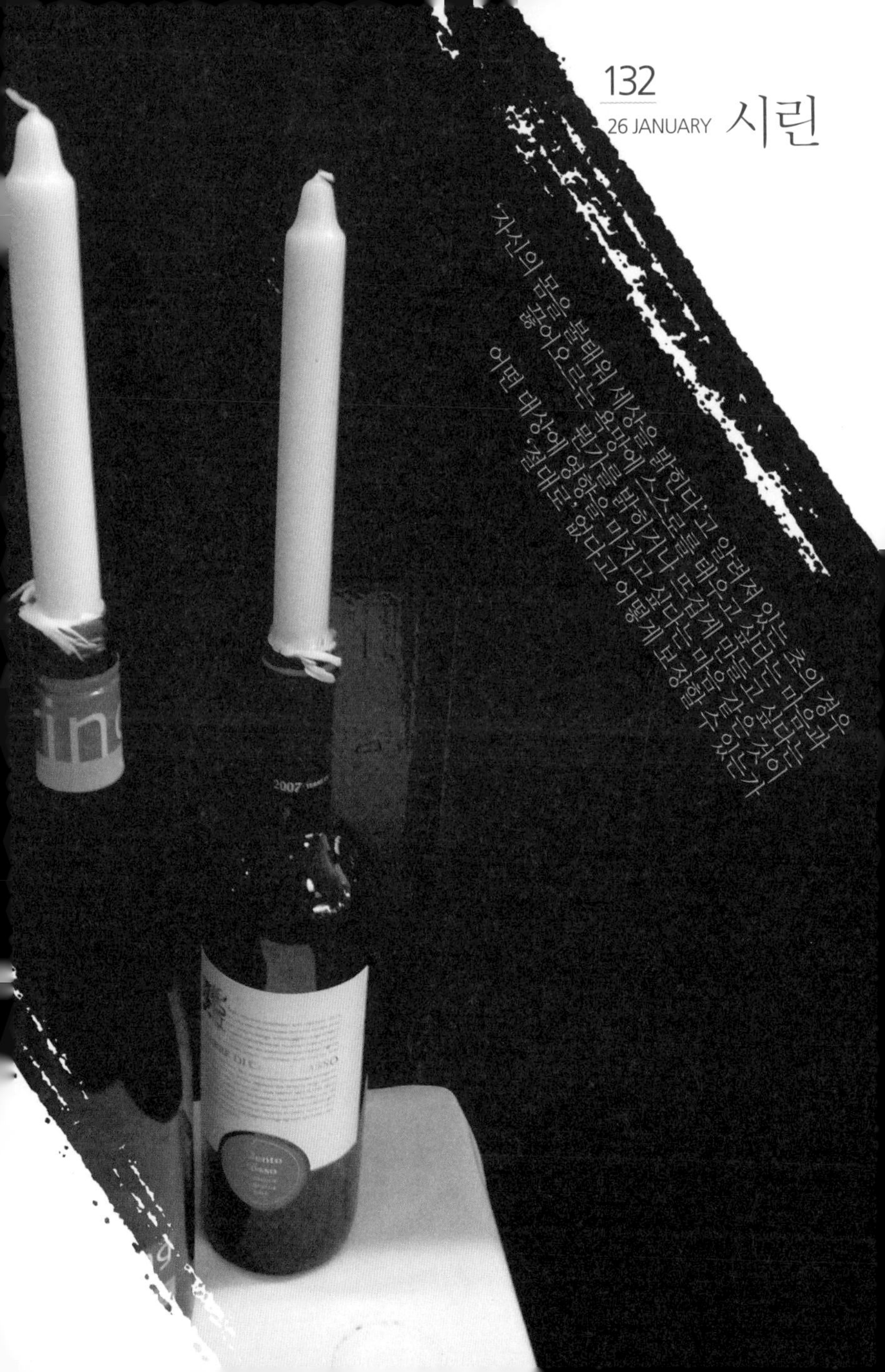

'자신의 몸을 불태워 세상을 밝힌다'고 알려져 있는 초의 경우
끓어오르는 욕망에 스스로를 태우고 싶다는 마음과
뭔가를 밝히거나 뜨겁게 만들고 싶다는 마음
어떤 대상에 영향을 미치고 싶다는 마음 같은 것이
절대로 없다고 어떻게 보장할 수 있는가

지금 생각해보면 우리의 긴 여행은 오직 구불구불한 진흙 발자국으로 사랑스럽고 민음직하고 꿈같고 거대한 나라를 더럽혀놓은 것 외에는 아무것도 아니었다. 돌이켜보면 그건 너덜너덜한 지도, 망가진 여행 책자, 낡은 타이어에 불과했다. 그리고 밤이면 들리던 그 아이의 흐느낌 – 매일 밤, 매일 밤 – 내가 자는 척할 때 들리던 그 소리 외에 아무것도 아니었다.

– 블라디미르 나보코프, 『롤리타』 중에서

어느 성도착자의 정신 나간 헛소리라거나 포르노 소설이라는 혐의를 받으며 네 군데 출판사에서 거절을 당하고 결국 프랑스에서 먼저 출판한 다음 미국에서 낼 수 있었던 책이 『롤리타』다. 작가는 '존 레이'라는 허구의 인물을 만들어 서문을 쓰는 것으로도 모자라 책의 말미에 '롤리타라고 제목이 붙은 책에 대하여'라는 글을 덧붙이며, 열두 살 남짓한 소녀와 마흔 살의 남자 이야기를 부디 너그럽게 보아달라고 여러 번 당부를 하고 있다.
그리고 단언하건대, '사랑'이라는 미명으로 행해지고 있는 수많은 행위와 행태에 대해 이만큼 매혹적이고 섬뜩한 이야기를 우리에게 들려주는 작가는 아주아주 흔치 않다. 특히 나는 나보코프 특유의 어두우면서도 가학적인 유머와 섬세하기 이를 데 없으며 아찔한 이미지에 반해버렸는데, 이를테면,

친절하고 너그럽고 상당히 절제하게 마련인 여행안내 책자가
'아주 길이 좁고 사정이 안 좋음'이라고 화가 나서 말한 길을 따라온 것이다.

나이는 들었으나 아직도 역겹도록 잘생긴 백인 러시아인이 운전을 했다.

그녀의 갈색 어깨에 불그레한 자줏빛으로 부풀어 오른 자국(모기에 물린 자국이다).
나는 두 엄지손톱으로 아름답고 투명한 독을 누르고 톡 쏘는 피를 빨아냈다.

딱 한 페이지 안에 밑줄을 그은 문장이 이 정도다.
책을 읽을 때도, 덮고 나서도 잡힐 듯 잡히지 않는 – 마치 롤리타처럼 – 생각들이 내내 마음속을 맴돈다.
자신의 행동에 대해 끝없이 자책하고 눈물을 쏟아내며 그러나 나는 그녀를 사랑한다고 호소하는 험버트를 비난할 수만은 없다. 평론가들은 이런저런 상징을 들쑤셔내고 이리저리 끼워 맞춰 그럴듯하게 또 꽤나 거룩하게 (사회적, 철학적, 역사적으로) 포장을 했지만, 롤리타의 진실은 어쩌면 액면에 그대로 드러나 있는 게 아닌가, 하는 생각이 든다. '흐느낌 외에 아무것도 아닌' 그 풍경 자체가 롤리타인 것이다.

덧붙여,
나는 교훈적인 픽션을 읽지도 않고 쓰지도 않는다.
그리고 존 레이가 주장했다 해도, 『롤리타』 속에는 어떤 도덕적 이끌림이란 게 없다.
내게 픽션은 거칠게 말해 미학적 지복을 주는 한 존재한다.

작가의 이 말에 대해 나는 상당히 동의하는데, 부질없고 가식적인 교훈에 경기를 일으키는 체질이기 때문이다. 롤리타에 선과 악의 잣대를 들이대는 것은 무의미한 짓이다.
어쩌면 모든 사랑은 그렇게 불법적이고 그렇게 충동적이고 그렇게 이기적이고 그리하여 너덜너덜해지고 망가져가고 낡아가는 것인지도 모른다.
무엇보다 사랑과 욕망을 어떻게 구분할 것인가? 욕망을 완전히 발라내고 사랑이라는 뼈만 남은 생선에 만족할 수 있는 사람이 과연 있을까?
오백 가지의 질문. 의문. 물음표.

'시린Sirin'이란 블라디미르 나보코프의 아름다운 필명이다. 우리나라 말 '시린'의 뜻을 1977년에 세상을 떠난 그에게 알려주고 싶다는 마음이 들었다. 참고로 '블라디미르'는 우리 집 냉장고 이름이다.

133

10 FEBRUARY

훼손

공이 맞는 순간까지 결코 고개를 돌리지 않는 운동선수처럼, 예술가는 작품이 자기 손을 떠날 때까지 여전히 '훼손'으로 남아 있는지 확인해야 한다.

– 이성복, 『타오르는 물』 중에서

이런 결론에 이르는 사유의 과정도 아름답기 그지없지만 이토록 과감한 결론과 그것에 담긴 확신은 그의 시만큼이나 마음을 움켜쥔다.
몇 줄을 거슬러 올라가면 왜 예술가가 자신의 작품을 '훼손'의 형태로 남겨야 하는지에 대한 이유를 알 수 있다. 시인에 의하면, 예술에 의한 정상적인 것의 훼손은 그것의 허구성을 폭로하는 동시에 훼손되지 않은 것에 대한 꿈을 불러일으킨다.
말하자면 예술이란 꿈 자체가 아니라 꿈을 꾸게 하는 것으로, 꿈의 내용을 발설하는 것은 '독자의 꿈을 가로채는' 행위와 같다는 것이다. 그러므로 정상적인 것을 훼손함으로 인해 작가는 독자들에게 '꿈'의 원형을 전할 수 있다는 것으로 나는 해석하게 된다. (나의 해석이 옳지 않다면 전적으로 나의 부족함 탓이다.)
훼손이라는 말이 주는 부정적인 뉘앙스로 인해 그의 결론은 더더욱 무게와 울림을 얻어 내 의식 속에 오랜 파문을 남긴다.
물론 무언가를 훼손한다는 건 '정상적인 것'을 인지하고 제시할 수 있어야 한다는 전제가 필요하다. 가야 할 길이 멀고도 멀다.

나는 아무것도 확신할 수 없지만
이를테면 당신에 의해 훼손된 심장 같은 것
그것을 굳이 도려낼 일은 아니라는 생각을 했다
끝도 없고 캄캄하고 막막하고
어디로 뻗어 있는 길인지 모른다 해도
어리둥절한 채로라도

134

18 FEBRUARY

그게 그렇게 중요해?

눈물 속에 번지는 불빛은 더욱 아름다워 보인다
더욱 가까워 보인다
마음이 메일 때 누군가를 사랑하고 있는 거라 생각하는 것처럼
그것뿐이다

"데이지와 단둘이 말하고 싶은데." 개츠비가 말했다. "지금 데이지가 너무 흥분해 서…" "단둘이 말한다 해도 내가 톰을 사랑한 적이 없었다고는 말할 수 없어." 그녀가 애처로운 목소리로 인정했다. "그건 사실이 아니니까." "당연하지." 톰이 동의했다. 그녀가 남편에게로 몸을 돌렸다.

"그게 그렇게 중요해?" 그녀가 말했다.

-F. 스콧 피츠제럴드, 『위대한 개츠비』(문학동네, 김영하 옮김) 중에서

세상에서 가장 슬픈 러브스토리. 진부한 표현이지만 나는 그렇게 말하고 싶다. 개츠비가 상징하는 것이 막 강대국이 되기 시작한 미국이라는 비평 같은 건 정말로 듣고 싶지 않다. 설사 피츠제럴드가 그런 의도를 갖고 있었다고 해도 사과는 사과로, 돌멩이는 돌멩이로 받아들이는 나 같은 사람에게, 개츠비는 개츠비이다. (그런 의미에서 카프카의 『변신』에 나오는 벌레가 무슨 벌레일까 - 풍뎅이일까 무당벌레일까 식으로 - 고민했다는 마르케스의 일화를 좋아한다.)

'슬픈'이라는 수식어 대신 '현실적인' 또는 '물질적인'이라는 단어를 집어넣어도 괜찮겠다. 개츠비의 사랑이 물질에서 싹 트고 잎을 열고 꽃을 피운다는 것이 지극히 현실적이어서, 충분히 납득 가능한 일이어서, 그 여운이 비참하도록 슬픈 것이다.

개츠비가 듣고 싶었던 건, 믿고 싶었던 건, 데이지가 사랑한 유일한 사람이 자신이라는 말이었다. 그녀의 현재뿐 아니라, 과거와 미래까지도 자신의 소유여야 했다. 그러

나 데이지는 '사실이 아닌 것을 말할 수는 없다'고 한다. 그녀의 모든 행동과 대사들 중에서 유일하게 '양심적'인 발언이다. 아니 '솔직한'이라는 표현이 데이지답다. (양심은 그녀와 어울리지 않는다.) 그리고 그녀는 역시 데이지답게 되묻는다.

"그게 그렇게 중요해?"

데이지가 다른 사람을 사랑한 적이 있다고 대답한 순간 개츠비를 지탱시키던, 거기까지 그를 이끌고 왔던 삶이, 삶의 가치관이, 삶의 의지가, 삶의 목적이 무너졌다. 그는 그게 그렇게 중요한 사람이었다. 데이지가 아니라. 사랑이 아니라.
개츠비의 이미지는 데이지와 춤을 추는 행복한 남자, 또는 시끌벅적하고 호화로운 파티를 벌여놓고 미스터리에 둘러싸인 주인 역할을 하는 당당한 남자가 아니라, 깊은 밤 혼자 서서 강 건너의 반짝이는 불빛을 언제까지나 바라보는 외로운 남자이다. 그것이 그의 본질이었기 때문이다.
그는 '그것'을 잡을 수 없었다. 애초에 '그것'은 존재하지도 않았다.

– 그게 그렇게 중요해?
나도 언젠가 그렇게 말하고 싶었다. 하지만 말하지 않았다. 그 말 자체로 아무것도 변하지 않는다는 것을 알고 있었으니까. 개츠비를 알고 있었으니까.

135

11 MARCH

아직 이렇게

아직 이렇게 추운데
마음은 봄꿈을 꾼다

봄의 언저리를 헤매며
봄을 호흡하다가
문득 숨을 멈춘다, 아니 숨이 멎는다

산소가 부족해
물이 부족해

나의 두 손은 엄마 없는 아이처럼 불쌍해 보여
길을 잃고 돌아갈 곳이 없는 것 같아

너무 슬퍼서 꾸고 싶지 않은 꿈이 있었다
잊고 싶었던, 잊었다고 생각했던

갑자기 모든 것이 돌아오고
아프고 간지러워서
어지러워서
털썩 마음을 놓아버리고 싶은 건데

사실을 말하자면

나는 눈 하나 깜짝하지 않고 거짓말을 할 수 있는 사람

호흡 한 번 흐트러뜨리지 않고

사랑한다고 사랑하지 않는다고

보고 싶다고 보고 싶지 않다고

그래도 진실을 말하자면

사랑인지 아닌지 알 수도 없고 알고 싶지도 않지만

다만 행복했으나 지금은 행복하지 않다는 것

당신은 왜 거기 있나

나는 왜 여기 있나

그리 크지도 않은 이 세계에서

그리 길지도 않은 이 삶에서

나도 이 행복한 아이만큼이나
행복하게 웃었는데

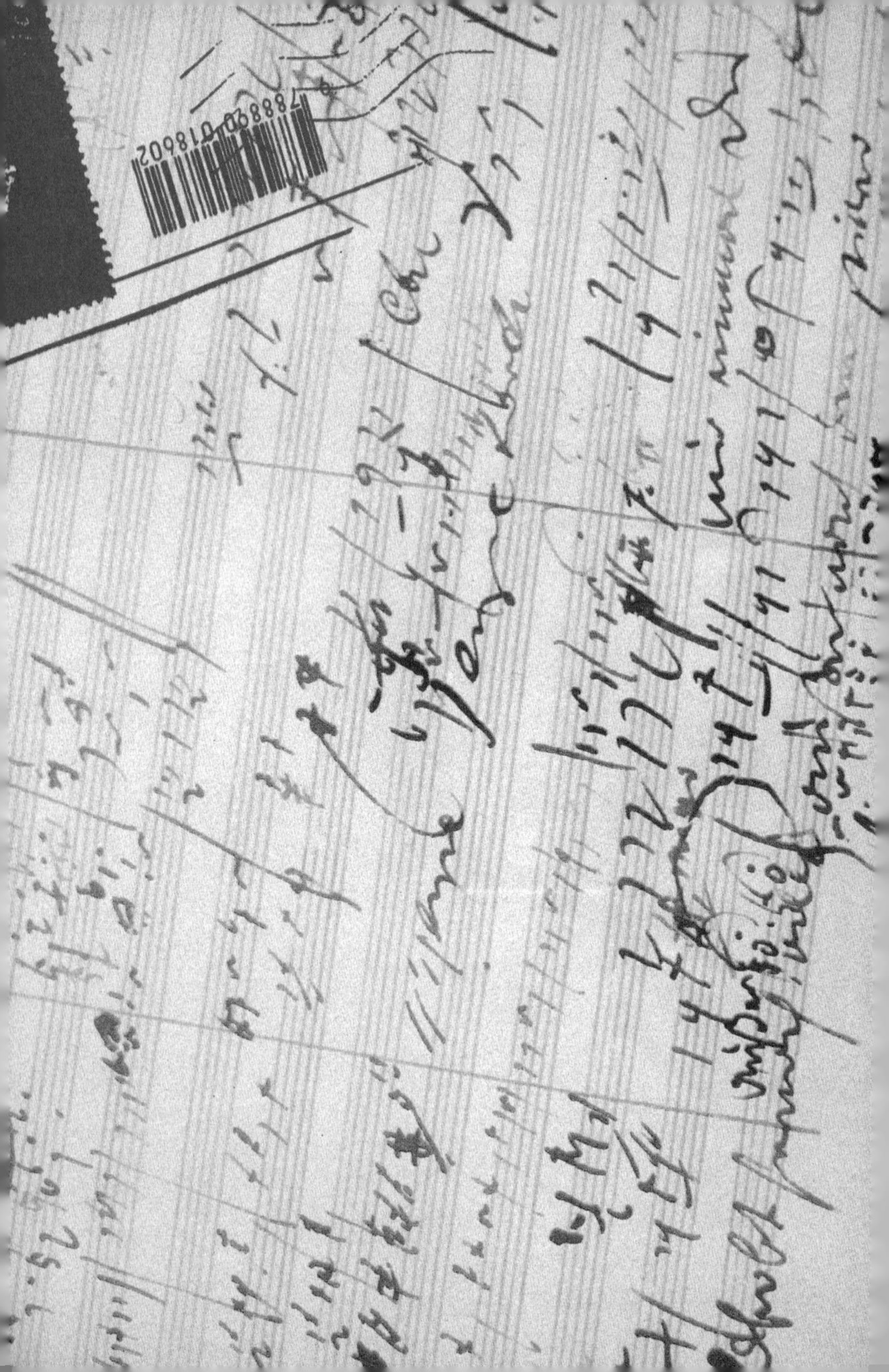

MALE INTERNATIONAL AIRPORT

136

20 MARCH 섬

– 그 섬은 있지, 아주 기일쭉하게 생겼어. 동쪽 해안에는 줄을 지어 리조트가 있고
서쪽 해안은 아주 깊어. 내가 묵었던 리조트에서 작은 언덕 하나를 넘어가면
바로 서쪽 해안이 나타나. 그럼 해가 지는 걸 볼 수 있는 거야.

누군가는 어린 왕자가 생각난다고 했고 누군가는 몹시 낭만적이라고 했다.
그런데 정작 나는 그곳에 머무르는 동안
해가 지는 것을 보기 위해 언덕을 넘어간 적이 한 번도 없었다.
해지는 것을 보겠다는 목적만으로 서해까지 달려간 적도 있었고
지중해에서는 한 자리에서 세 시간을 기다려 해지는 것을 본 적도 있다.

그건 분명 아름다울 테고, 적적할 테고, 쓸쓸할 테고, 눈부실 테고, 스산할 테고,
눈물이 날 만큼 아플 테지만. 그런 게 두려워 보러 가지 않았던 건 아니었다.
이유는 아주아주 간단했다. 나는 내일을 기다리지 않았기 때문이다.

그렇다고 오늘이 가는 것이 그리 서럽지도 않았어
제발 내일이 오지 않았으면 바랐던 것도 아니었어
그저 그 섬의 다른 사람들처럼
시간은 아무런 상관도 없었던 거야

이제 와서 그런 이유로 인해 아파질 줄은 몰랐던 거야

137

01 APRIL

dear Julie

글쎄요. 저는 워낙 조언이라는 걸 할 만한 인간이 아닌지라 무척 고민이 되었어요.
무엇보다 아는 것도 없으니까요. 저에 대해서도 잘 모르는 게 많으니.
제가 아는 건 그저 단 하나. 어디로든 움직이지 않으면 언제까지나 그 자리에
그대로 있게 된다는 것뿐이랍니다. 그리고 어디로 가게 될지는
움직여 보아야 아는 거겠지요. 부디 좋은 방향으로 나아가시기를.

옷을 골라보라고 인터넷을 켜줬더니 수십 벌에 달하는 공주옷 중에서 딱 하나를 골라낸 니나. '몇 개 살까?' 물으니 착하게도 하나만 골랐다. 그러고는 꾸물꾸물하기에 '구두도 갖고 싶어?' 하니까 활짝 웃는다. 내친 김에 티아라도 하나. 저렇게나 좋아하니 백 벌이라도 사주고 싶다고 생각하는 나는 버릇없는 아이를 만드는 최악의 이모?

사진 이인숙

138
01 APRIL

아이도 어른도

아이도 어른도 그 마음은 빤한 것. 심심한 건 싫고 좋아하는 건 갖고 싶고
맛있는 걸 먹고 싶고 사랑하는 사람이 나만 바라보기를 원하는 것.
– 엄마엄마, 나하고만 얘기해. 딴 사람들하고 말하지 마.
졸지에 이모 네 명에다가 두 살짜리 아기까지 등장하자
징징거리는 니나를 보면서 그런 생각.
– 우리도 마찬가지구나. 표현을 안 하는 것뿐.
생각해보니 표현은 어른도 한다. 이런 방식, 저런 방식으로. 그걸 알아주지 않으면
삐쳐버리는 것도 아이와 마찬가지. 무얼 원하는지 말을 하라고 아이에게 말하면서
말하지 않아도 알아주기를 바라는 그 마음이 하도 빤해서
– 아이도 어른도
손을 잡고 눈을 맞추고 꼭 안아주고 사랑해, 사랑해, 하는 걸로 행복해지는 아이처럼
– 아이도 어른도
원하는 만큼 사랑받지 못하면 참아보다 참아보다 결국 엉엉 울어버리고 싶은 것도
– 아이도 어른도
그래도 니나는 아직 아이니까, 엉엉 울어버릴 수 있는 거야.
울 수 있을 때 마음껏!(이라고 해도 아이가 울면 정작 제일 힘든 건 엄마지만.)

139

03 APRIL

너무나 많은 의미

"아무튼 당신은 아무 얘기도 하지 않은 것으로 합시다. 그리고 나 역시 아무것도 요구하지 않겠습니다." 그는 말했다. "그러나 당신 역시 나에게 필요한 것은 우정이 아니라는 것을 알고 계십니다. 나에게는 이 세상에 오직 하나의 행복이 있을 뿐입니다. 그것은 당신이 그렇게도 싫어하는 한마디… 그렇습니다. 사랑…입니다."

"사랑…"

그녀는 가슴속 깊은 곳에서 우러나오는 듯한 목소리로 천천히 되뇌었다. 그러고는 레이스를 풀어냄과 동시에 갑자기 덧붙였다.

"내가 그 말을 좋아하지 않는 이유는 그것이 나에게 너무나 많은 의미, 당신이 생각하는 것보다 훨씬 많은 의미를 지닌 말이기 때문이에요."

그녀는 그렇게 말하고 나서 그의 얼굴을 뚫어지게 쳐다보았다.

"그럼, 안녕."

– 레프 톨스토이, 『안나 카레리나』 중에서

사랑이 무거운 사람에게도
사랑이 가벼운 사람에게도
사랑은 힘들지.
그건 너무 많은 의미를 담고 있으니까.
너무 많은 의미를 요구하니까.

깃털 하나의 무게로 나풀나풀 날아다니게 내버려두는 쪽이
사랑을 위해서는 좋은 거지.
아니 워낙 사랑은 겨우 그 정도의 무게만 감당할 수 있는 것이지.
그러니 우리의 안나는

커튼을 열면 분명히 밝은 빛이 쏟아져 들어올 텐데
너무 많은 빛을 어떻게 하겠어
설사 내가 감당할 수 있다고 해도 사랑은 분명 감당하지 못할걸

너무 많은 의미를 부여할 수밖에 없었던 안나는
추락밖에 길이 없었던 거였지.

매일 저울 위에 올려 조심스럽게 무게를 달아보고
덜어내야 해.
마음은 간절하고 울먹이고 혼자 서성거려도
모른 척 내버려둬야 해.

그럼, 안녕,
이라는 말도 하지 말아야 해.
매듭 같은 걸 만들면 마음이 묶여버려.

그대로, 홀로 지칠 때까지.
홀로 낡을 때까지.

140

10 APRIL

예를 들면

어려운 것을 쉽게.

쉬운 것을 깊게.

깊은 것을 유쾌하게.

– 세노 갓파, 『작업실 탐닉』 중에서 「극작가 이노우에 히사시의 서재」 편에서

이노우에의 서재, 책상 앞에 붙어 있는 메모들 중에서

알아요.

알아요.

알아요.

다 알지만 못하는 것.

다 알지만 모르는 것.

다 알지만 마음대로 안 되는 것.

예를 들면 바다에서 수영하기 같은 것.

예를 들면 사랑 같은 것.

141

13 APRIL

눈속임

괜찮아, 괜찮아, 하고 웃어 보이는 당신을 닮았다
아니야, 아니야, 하고 웃어 보이는 나를 닮았다

창을 열었을 때 어제와 뭔가 달라진 풍경. 저 나무가 벚나무였나. 언제 어느새 이렇게. 6년을 살았던 집에서 이사를 나올 때 마음을 붙잡았던 건 단 하나, 창 앞에 서 있던 두 그루 나무였다. 봄이면 왼쪽 나무가 벚꽃을 피우고 가을이면 오른쪽 나무가 단풍을 물들였다. 6년을 함께 지내는 사이, 두 그루 나무는 쑥쑥 자라서 가끔 창 너머로 가지를 뻗어왔다. 덕분에 베란다는 벚꽃잎과 단풍잎으로 뒤덮였지. 이사 와서 처음 맞이한 봄. 마치 나를 따라온 듯한, 꼭 그만한 벚나무 한 그루가 내 창 앞에서 꽃을 피웠다. 창을 닫고 가만히 바라만 보면 온통 봄이다. 창을 열면 싸늘한 바람이 불어 헝클어지는 봄이다. 나는 창 이쪽에 서서 그저 보기로 한다. 그러자 문득 가엾은 생각이 든다. 가엾은 삶이고 가엾은 꽃이고 가엾은 봄이다.

142

21 APRIL

봄을 탑니다

아무것 아닌 일이 서럽고 울컥합니다.
당신이 꽃 아니라 했던 것들이
모조리 피어난 까닭입니다.
울며 붙들어도 지고 가는 것들이
온 세상에 가득하기 때문입니다.

봄을 탑니다.
사랑 아니라 믿었던 것들이
꾸역꾸역 솟아나
심장에 새로운 생채기를 내는 까닭입니다.
자꾸만 비틀거리는 심장 때문입니다.

이런 세상은 내겐 너무 지나칩니다.
도망갈 곳도 없는 나는
잔인한 봄에 결박당해 있습니다.

당신도 그렇습니까.

외롭습니까

소통의 도구들이 늘어날수록
소외는 확산되고 깊어지는 것인데

PAPER를 창간하고 일 년쯤 지났을 때였나, PC통신이라는 것이 처음 생겼습니다.
– 그게 뭐하는 거야?
– 사람들이 컴퓨터 안에 모여서 얘기하는 거야.
사람들이 다들 외롭구나, 그런 생각을 했던 기억이 납니다.
세월이 흐르고 흘러 카페라는 것이 생기고 블로그가 생기고 트위터와 미투데이라는 것이 생기면서 저는 매번 같은 질문을 했고 내용은 다르지만 비슷한 답을 들었습니다. 그리고 또 같은 생각을 했습니다. 다들 많이 외롭구나.
온 세상이 소통을 하라고 소리를 치고 있습니다. 네가 지금 있는 곳이 어딘지, 네가 지금 하는 것이 무엇인지, 네가 지금 생각하는 것이 뭔지 어서어서 알리라고.
누가 지금 어디 있는지, 누가 지금 무얼 하는지, 누가 지금 무슨 생각을 하는지, 어서어서 감지하고 대답하라고 온 세상이 고함을 지르고 있습니다.
외롭습니까. 그리고 그렇게 하여 우리는 조금 덜 외롭습니까. 바닥이 없는 양동이에 물을 길어다 붓고 있다는 기분은 들지 않습니까. 그 물조차 시원스레 쏟아지는 것이 아니라 고장 난 수도꼭지에서 한 방울씩 떨어지는 것을 감질나게 지켜보고 있다는 기분은 들지 않습니까. 갈증이 조금 가십니까. 오히려 점점 더 목이 말라가진 않습니까. 누군가와 소통하고 있다는 확신이 듭니까. 오히려 점점 더 갇혀가고 있진 않습니까. 모든 것은 너무나 순간적이고 모든 것은 너무나 쉽게 지나가고 불과 몇 분 전의 일은 과거가 되어 영영 잊힙니다. 그리하여 이 세상은, 이 생명은 무엇에 기대어 지속됩니까. 당신과 나, 진심은 조금도 전하지 못하고 무의미하게 낡아가고 있진 않습니까. 몇 시간을 달려와 잠깐 손을 맞잡고 눈을 마주 보던, 어두운 골목길에서 약속도 없이 한참을 기다리던, 그 어린 연인은 어디로 갔을까요.
늦은 밤, 집으로 돌아오는 전철역에서 전화기를 들여다보고 있는 사람들에게 나는 묻고 싶었습니다.
외롭습니까.
그리고 그리하여 지금은 외롭지 않습니까.

벽,
눈치챌 수 없을 만큼
투명한 거리를 유지할 것

144
23 APRIL **규칙**

원칙은 없지만
규칙은 좋아하는 처녀자리가
태어나 처음으로 생각해본
몇 가지의 규칙은

오전에 오는 전화는 받지 않는다.
불필요한 글은 쓰지 않는다.
TV는 안 나간다.

두 번 묻지 않는다.
안 되는 것은 억지로 하지 않는다.
잠을 충분히 잔다.

시간이 허락하는 한 오래도록 물속에.
마음이 견디는 한 오래도록 기다림.
몸이 버티는 한 오래도록 안단테.

대답보다 질문을.
가능하면 메일과 문자에 답하기.
준 것과 받은 것을 저울에 달아보지 않기.

그리고
사랑,
다만 상대가 원하는 만큼.

145

30 APRIL

나는다

이상해이상해
밤이오는경복궁을나는다걷는다
그러라지그러라지
혼자맥주한병을천천히나는다마신다
왜다들누군가의나쁜이야기를하는거지
왜다들누군가를부러워하는거지
그런건사랑아닌데
나도한때는질투란디엔에이를갖고있었으나

싫어싫어
이봄이우울한까닭은보고싶은사람이없어서
마음속으로중얼거리다
이런날이오기를얼마나또기다렸나싶어

나를가져오라고동에게말했어?
네가못온다는건알지만그렇게상상이라도하고싶어서
라고말해준사람도있었다오늘
그래난초콜릿이필요해
하지만단걸먹고싶진않아

오늘아침에난나쁜짓을한것같아
분리수거를제대로못한것같아서기운이쭉빠졌어
그래도금요일마다오는아저씨에게야채를샀지

이건뭐예요
아욱이죠
된장국끓여먹음되나요
그렇죠
껍질을벗겨서잘씻어야해
옆에섰던할머니가거들어주고
진심으로따뜻했던하나의풍경

이렇게넋을놓고다니다가는
차에치이는것도시간문제야
그래도뭔가피아졸라를들을때면
너무나비현실적이야

집으로돌아온나는
얼어죽지않고쑥쑥자라고있는고마운애플민트를따서
럼을듬뿍넣고모히토를만든다

천천히천천히나는다마신다
생을다마시듯

146

05 MAY

같은 악기라도

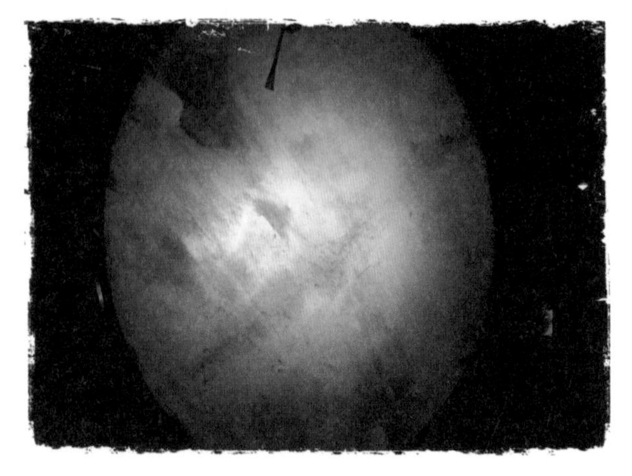

그렇게 위안합니다
그렇게 진동합니다

"그 순간 각 파트의 사람들이 어떤 모습을 하고 있는지 순서대로 가르쳐줘."
"같은 악기를 다루는 연주자라도 다 다른데."
그 말을 듣고 나는 너무 당황스러워 다시 질문했다.
"이를테면?"
"플루트 1은 약하게 불고 있지만, 플루트 2는 이제 막 연주를 마쳤고,
3은 피콜로로 바꿔 들고 2와 똑같이 연주를 멈추고 살짝 입에서 플루트를 뗀 상태야."

– 세노 갓파, 『작업실 탐닉』 중에서, 지휘자 이와키 히로유키의
삿포로 교향악단에 관한 이야기 중에서

뭔가를 기록하는 일에 나는 영 젬병이잖아요. 미래를 보는 일에도, 과거를 반추하는 일에도. 기억에 마음에 남아 있는 것은 엉뚱하게도 맥락과 상관없는 몇 가지의 투명한 풍경. 그날의 달이라거나 어디선가 흐르던 물소리 같은 바람소리라거나. 사람의 모습도 시간의 멜로디도 증발되어버린 곳에 그런 것들만 남아 있는데.
비슷한 강도의 온도와 습도 속에서 불쑥 하고 수면 위로 그런 기억이 떠오를 때면 대기 중에서 천 개의 손이 뻗어 나와 나를 마구 끌고 가는 기분이 들어요.
김선욱 군의 피아노가 그랬지요. 두 번째 보는 아슈케나지의 말할 수 없이 우아하고 아름다운 몸짓이 그랬지요. 눈물을 흘리고 있는 이가 나인지 타인인지 알 수가 없어서 그냥 멍하니 굳어 있었지요. 시간과 공간의 매듭이 느슨해지고 슈만과 라흐마니노프 속으로. 어째서 라흐마니노프의 아다지오는 그렇게 그렇게.
그리고 또 하루하루가 이렇게 무사하지요. 그만 툭, 하고 끈을 놓아버리고 싶어질 때도 있지만.

같은 악기라도 다르게, 다른 악기라도 하나의 음악 안에서.
그렇게 믿어도 괜찮은 건지.

147

10 MAY

금물

새들이 너무너무 노래를 부르는 아침이었어.
아니 사실은 점심 무렵이었지.
물 한 컵을 다 마시고 가방 속에 박아둔 전화기를 꺼냈어.
네 개의 문자.
꿈속에서 받은 것까지 합하면 여섯 개
중에서 하나를 골라 답을 했어.

그런 기분이 들 때가 있지. 아 이제 다 소모되었구나.
시간을 읽어주는 남자 생각을 했어.
누군가를 만났을 때
그와 함께 소모할 수 있는 시간이 담긴 컵 하나를 받게 된다 그랬지.
아주 커다란 컵으로 하나 가득이든 아주 작은 컵의 바닥을 겨우 채우든
언젠가 다 써버리는 것은 마찬가지야.

언제부턴가 나도 시간을 읽을 수 있게 되었어.
그 남자가 특별히 가르쳐준 것도 아닌데.
시간뿐이 아니야.
그 시간의 빛깔, 향기, 맛까지도 알 것 같아.
아직 취하지 않은 것들을 다 알아버린다는 거 하나도 재미없는 일이었어.
뚜껑을 열지 않아도 내용물을 볼 수 있다는 거 하나도 좋을 게 없었어.

나는 구겨진 종이처럼 말라 있었고 온몸이 습기를 원했지.
화분에 물을 흠뻑 주고 욕조에 들어가 나에게도 물을 흠뻑 주었어.
거품이 가라앉는 것. 물이 식어가는 것.

그런 건 좋은 일이라고 생각하며 혼자 잠깐 미소를 지었어.
어쩌면 조금 슬픈 표정이었을지도 몰라.

나에 관해 새삼스럽게 알게 된 사실 하나는
조금만 방심하면 몹시 차가워진다는 거야.
주의를 기울이지 않으면 내 심장은 차가운 돌멩이가 되어버려.
가끔은 문자를 보냈다가도 냉기를 지우기 위해 한 번 더 버튼을 눌러야 해.

지난주엔 너무 많은 사람들을 만났어.
나는 가벼운 공처럼 튕겨 다니면서 바보처럼 웃고 있었지.
뭐 그것도 그리 나쁘지 않았어.
그래도

밤의 인사는 금물.
집 앞에서의 조금 긴 듯한 작별도 금물.
손의 크기를 재어보는 일도
마음을 재어보는 일도
지금 잘 건지 이제 일어났는지 묻는 일도
금물.

다 지나갔다고
다 식었다고
나는 이렇게 차갑다고
일일이 설명하는 것도 힘들잖아.

주위에 사람들이 이렇게 많은데
나는 점점 고립되어가고 있어.
썩 나쁜 일은 아닐 거야.

my own Space

고요히 고요히 아무 말도 않고
하루 종일 조그마한 섬 안에서
'cause I don't care

148

12 MAY

broken bicycle

운명이 나를 어디로 데려가든
나는 저항하지 않아요

내일이 무엇을 가져오든
당신의 마음이 어떻게 변하든
봄이 어찌 가고 여름이 또 어찌 소멸하든
무엇을 남겨두고 무엇을 빼앗아가든

내가 괜찮든 괜찮지 않든

뭔가는 망가지고
뭔가는 사라지겠지요
그 자리가 채워지든 그대로 비어 있든

하루는 가고
하루는 또 오고

아직은 그럴 테니까

하지만 언젠가는
마지막이라는 이름의 하루를 보게 되겠지요
매일매일이 아름다울 수는 없어도
그날은 조금쯤 아름다웠으면 참 좋겠지요

149

08 JUNE

기적처럼 만났으면 해

나는 그곳에서 한 걸음 밖으로 나왔어요.
이젠 뒤를 돌아보아도
그렇게 많이 아프지 않아요.

얼떨결에 다친 손가락이
많은 위로가 되었어요.
어제보다 조금 덜한 통증.
조금씩 돋아나는 새살.
마치 그걸 보여주려고 스스로 잘린 듯한
착한 손가락.

아직 피아노도 못 치고
아직 샤워할 때도 불편하고
아직 고무장갑을 끼고 설거지를 하지만
잘 적응하고 있어요.

가끔 내가 서 있던 곳을 바라보아요.
친구들이 말했듯
조금 더 여러 가지 것들이 보이기 시작해요.
생각해보면
왜 감사할 일이 없겠어요.
이제 그것만 기억하고
나는 앞으로 가겠어요.

저문 밤 속에서 내 손을 잡아준 친구들
고마워요
오늘은 아주 다른 아침
완전히 새로운 날이에요

그리고 언젠가
기적처럼 다시 만났으면 해요.
나는 평화롭고 평화롭게
더 많은 것을 보고
더 많은 것을 아낄 거예요.

150

10 JUNE

착각

평생 내가 할 일은 이거라고 생각했는데
저것도 꽤 괜찮다고 생각하는 요즘.

돌아보면
나는 나 자신에 대해 많은 착각을 했지.

언젠가 화실에 발을 들여놓았을 때도
나는 유화 쪽 인간이라 생각했는데
어쩐지 데생과 판화가 좋았어.

재즈 피아노를 배우면 좋을 것 같았는데
곧 시들해지고 결국 클래식으로 돌아왔지.

슈만 탄생 200주년을 맞아
라디오에서 계속 흘러나오는 슈만을 들으며
아아 난 왜 슈만은 별로라고 생각했을까.
이렇게 아름답고 이렇게 움직이는데.
그런 생각을 해.

마당이 있는 집에서 살고 싶었는데
이젠 그냥 작은 하늘과
작은 파란 것들만 있어도
괜찮다 싶어
이 생은 그냥 이렇게 흘러가다 멈춰도
좋겠다 싶어

잘 알지도 못하면서 싫어했던 것들
그런 이유가 있을 거라 믿었는데
잘 알지도 못하면서 좋아했던 것들
변하고 사라지는 걸 보면
꼭 그렇지도 않아.

평생 싫어할 것 같았던 분홍색을 어느 날 용서하게 된다거나
평생 볼 수 없을 것 같았던 무서운 영화를 어느 날 보게 된다거나

이 사람 아니면 다시는 사랑이 없을 줄 알았는데
그 사람을 스르르 잊게 된다거나.
이 사람을 사랑하게 될 줄 알았는데
그 사람을 스르르 밀어내게 된다거나.

슬플 줄 알았는데 의외로 홀가분해지는 일.
아플 줄 알았는데 의외로 훌훌 털어지는 일.

아주 오래 갈 줄 알았던 친구와 문득 소원해지는 일.
아주 잊은 줄 알았던 친구와 문득 다시 만나게 되는 일.

결코 인연이 없을 것 같았던 아파트에서 살게 되는 일.
한 번도 만들어보지 않았던 요리를 만들게 되는 일.

다 내버려두었는데
많은 것이 변해가고 있어.

부정하지 않겠어요.
후회하지 않겠어요.

151

05 JULY

Haden summer

여름이 자꾸 깊어가면서
뭔가를 잊고 있다는 생각이 들었는데
잠이 깨기 직전에 기억이 났다.

오전 내내 앨범을 뒤졌다.
이사 오면서 웬만한 앨범은 다 처분했는데
왜 보이질 않는 거야
하다가 겨우 찾아낸 헤이든.
그래, 이걸 듣지 않으면 여름이 아닌 거야.

올여름은 왠지
가끔 심장이 턱 막히는 적막함과는 거리가 멀 것 같지만
굳이 그런 일이 일어나지 않아도
쌓아온 추억은 충분히 쓸쓸해.

어느 날 갑자기 화들짝 피어서
아, 깜짝이야, 놀라게 하고
또 어느 날 풀썩 져버린
치자꽃
향기가 베란다를 가득 채우던 날은
아마 여름의 초입이었을 거야

한 번도 가본 적 없는 미조리의 하늘을 생각하며
헤이든의 베이스를 마신다.
한 모금 또 한 모금.

올여름은 그러니까 또
갈증에 조금 덜 시달릴 테고
나는 작년보다 튼튼해졌으니
여름은 작년보다 조금 가벼워졌으니
굳이 헤이든을 복용하지 않아도 괜찮겠지만

어쨌든 여름은 여름
그리고
이걸 듣지 않으면 여름이 아닌 거야.

누군가 나를 보고 웃고 있어

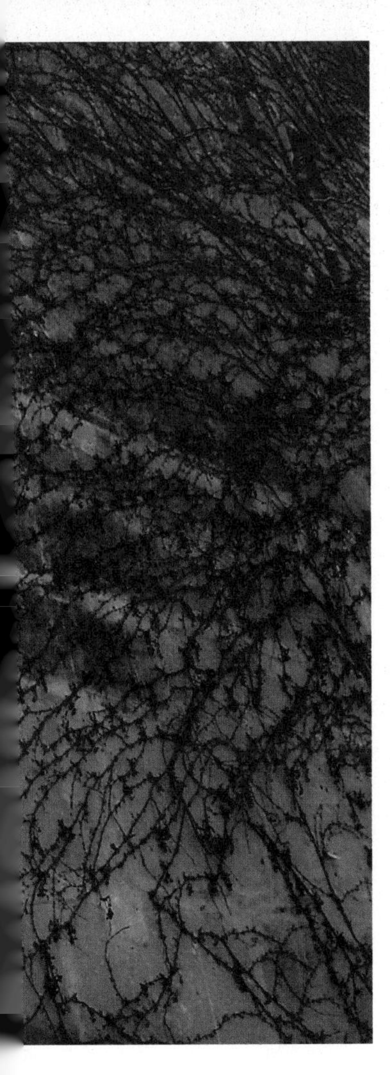

152

13 JULY

흔들리다

이 세상이 우리에게 주는 것은 거의 아무것도 없다고
헤르만 헤세는 말했고
일생 동안 만 권의 책을 읽지 못한다고
말라르메는 통탄했는데

무슨 대단한 것을 이루겠다고
홀로 성을 쌓고 단단해지겠는가.
뭘 어쩌겠다고
닥쳐오는 바람을 피하겠는가.

삶이 허락하는 한 삶 속에서
빛이 허락하는 한 빛 속에서
가난하고 사소하지만 소중한 것 속에서
그렇게 흔들리다가

언젠가 죽음과 어둠이 나를 더 사랑하는 날이 오면
조용히 복종하는 것도 나쁘지는 않을 일.

THE SINGLE
"JUST THE
WAY
YOU ARE"

쓰는 것은 모든 것의 끝이라는 릴케의 말을 믿는다.
'끝이 나면 쓸 수 있다'보다
'씀으로써 다음 장으로 넘어간다'로 나는 그 말을 이해한다.
슬픔 자체는 끝이 없지만 '어떤' 슬픔에는 끝이 있다.
사랑은 영원하지만 '어떤' 사랑은 끝이 난다.
그리하여 나는 쓴다.
이곳이 아닌 다른 곳으로 가기 위해.